# 오늘부터
# 강한 엄마

아이 앞에 서면 약해지는 엄마를 위한 마음 처방전
**오늘부터 강한 엄마**

**초판 1쇄 인쇄** 2018년 1월 26일
**초판 1쇄 발행** 2018년 1월 30일

**지은이** 김경화

**발행인** 백유미 조영석
**발행처** (주)라온아시아
**주소** 서울시 서초구 효령로 34길 4, 프린스효령빌딩 5F

**등록** 2016년 7월 5일 제 2016-000141호
**전화** 070-7600-8230 **팩스** 070-4754-2473

값 14,000원
**ISBN** 979-11-962566-5-4 03810



이 도서의 국립중앙도서관 출판시도서목록(CIP)은 서지정보유통지원시스템 홈페이지 (http://seoi.nl.go.kr)와 국가자료공동목록시스템(http://www.nl.go.kr/kolisnet)에서 이용하실 수 있습니다. (CIP제어번호 : CIP2018002431)

아이 앞에 서면 약해지는 엄마를 위한 마음 처방전

# 오늘부터

# 강한 엄마

• 김경화 지음 •

RAON BOOK

프롤로그

# 문제는 아이가 아니라 엄마다

"요즘 아이들은 참 문제야!"

예전 어른들은 철없어 보이는 우리를 보고 혀를 끌끌 차며 저런 말씀을 하셨다. 그런데 요즘 아이들을 보고서는 "요즘 애들은 원래 다 그래!"라고 표현한다. 뭐가 달라진 걸까?

과거의 '요즘 애들'은 젊을 때는 원래 철이 없으니 나이를 먹으면 철이 들어 나아져야 된다는 의미고, 오늘날의 '요즘 애들'은 기성세대와 근본적으로 다른 아이들이니 하는 대로 내버려둬야 한다는 뜻이다.

그런데 왜 갑자기 우리보다 생각도 부족하고 경험도 없는 어린 아이들이 이리도 특별한 대우를 받게 된 걸까? 유전자가 한 세대 만에 급속히 진화하기라도 한 걸까? 혹시 우리가 모르는 심오한 세계가 이 아이들에게 생긴 걸까?

지나치게 부모에 의존적인 아이들부터 세상에 무서운 것 하나 없는 듯 거침없이 행동하는 아이들, 스마트폰을 맡겨야 하는 학교

수업시간 외에는 스마트폰이나 인터넷을 놓지 않고 사이버 중독에 빠지는 아이들, 교실에서 막말과 욕설로 점철된 대화를 하는 아이들, 그리고 화장과 흡연, 성적 호기심에 목매는 아이들까지 우리가 상상하기조차 두려워하는 문화가 요즘 애들에겐 평범한 일상이 되었다.

세상은 날이 갈수록 편리해져 간다. 각종 전자 제품의 보급 속도는 너무나도 빨라서 미처 따라가기 벅차고, 교통과 인터넷의 발달로 세상은 점점 더 좁아지고 있다. 사람 간의 만남은 얼굴을 맞대고 교류하기보다 인터넷을 통해 사람 냄새 없이 소통하는 게 더 흔한 일이 되었다. 이렇게 세상이 달라졌으니 '요즘 애들'도 예전과 다르게 키워야 한다는 법이라도 생긴 걸까? 그렇다면 그 법은 누가 만든 걸까?

정말 이래도 되나?

이러한 현상들을 어떤 말로 규정할 수는 없지만, 요즘 사회에서 벌어지는 문제들을 보면 분위기가 심상치 않다는 건 확실하다. 날이 갈수록 엽기적인 사건 사고는 점점 더 늘어나고 있고, 타인은 물론 부모와 자식 간의 인륜조차 무너지는 경우를 우리는 심심치 않게 목격한다.

그렇다면 지금 특별대우를 받고 자라는 '요즘 애들'이 주역이 되어 세상을 이끄는 시대가 되면 이 사회는 어떻게 변해 있을까? 왠지 마음 한구석이 편치 않은 것은 나뿐만이 아닐 것이다.

사실 더 심각한 것은 이런 아이들의 문제를 정작 그 부모들은 중대하게 여기지 않는다는 점이다. 요즘 아이들이라면 흔히 겪는 일이라 생각하며 '아이들이 커서 철이 들면 우리처럼 잘하겠지' 한다. '내 자식인데 설마 잘못되겠어?' 하면서 사실상 아이들에게 미래를 맡겨버리는 경향이 있다.

어쩌면 요즘 아이들의 현상은 부모들이 어린 시절 품었던 희망 사항을 자식들에게 실현해주려는 한풀이에서 시작된 것일지 모른다. 대표적인 예로 유명한 학군의 부모들은 자녀의 일과를 시간 단위로 쪼개 기계와 같이 관리하고 학업의 세계로 내몬다고 하지 않는가. 과연 이것이 아이들을 위한 '최선'일까?

핵가족이 일반적인 오늘날의 가정은 자식을 낳아 기르는 육아와 교육에 대한 경험이 전무한 상태로 아이를 가진다. 3대가 함께 살거나 자주 왕래하던 과거에는 자연스럽게 육아를 사전 경험할 기회가 있었지만, 이제는 그것이 거의 불가능해졌다. 사정이 이러하니 '아이를 어떻게 기를 것인가?'에 대한 고민 한번 해보지 않고 곧바로 실전에 들어간다. 그래서 부모들은 무조건 좋은 것만 주려 하고, 하고 싶은 것이 있으면 원 없이 해보라 한다. 자기 능력에 상관없이 남들이 좋다고 하는 것은 다 해주려 한다. 미래를 위해서 좋은 학벌을 만들어줘야 한다는 생각에 초등학교 입학 전부터 각종 학원과 과외를 전전시킨다.

대구교육대학교 교수이자 학부모들의 멘토인 정종진 교수는

"무엇보다 먼저 부모 자신이 건전한 교육관을 형성해야 자녀가 올바르게 자랄 수 있다"라고 말했다. 즉 아무리 좋다고 한들 학교나 학원에서는 가정에서 하는 것처럼 아이의 인생 전반에 영향을 미치는 인성 교육을 해주지 못한다. 그만큼 부모의 교육은 중요하고 강력하다. 그래서 배우는 아이보다 가르칠 부모가 더 많은 준비와 노력을 해야 한다고 생각한다. 다시 말해서 부모도 올바른 부모 되는 교육을 받고 준비한 다음, 아이를 낳아 키워야 한다. 감정이 아닌 이성으로 아이를 바라보는, '부모 되는 교육'을 말이다.

아이는 사람 냄새 풍기는 감성과 험한 세상에서 살아남을 수 있는 강인함을 지닌 인간으로 키워야 한다. 그렇게 할 때 이 세상을 행복하게 살아낼 수 있을 것이다. 안타깝게도 과거에는 가정교육을 통해 아이들 대부분이 이런 인성을 목표로 하며 자랐지만, 지금은 매우 보기 드문 세상이 되었다. 반대로 생각하면, 아이 인성을 제대로 키울 때 그것이 내 아이만의 경쟁력과 장점이 될 수 있다는 얘기다.

늦은 결혼으로 출산이 어려웠던 나에게는 신이 주신, 하늘에서 뚝 떨어진 딸아이가 있다. 이름은 지연(가명), 2000년생 밀레니엄 베이비다. 내가 처음 지연을 만났을 때는 이미 열 살이 넘은 나이에 키도 훌쩍 커서 거의 나와 비슷한 눈높이였다. 흔히 아이들은 태어나서 다섯 살까지 평생 해야 할 효도를 다 한다는데, 그런 의미에서 지연은 그 효도라는 '투자'를 하지 않고 내게 왔다.

다행히 지연에게는 사회적으로 비난받을 만한 어떠한 문제점도 없었다. 다만 이 험난한 세상에 홀로 서기에는 문제가 될 만큼 겁 많고 수동적이며 의존적인 아이였음을 고백한다.

세상은 바르고 열정적으로 살아야 한다는 신념이 있었던 나는 아이의 미래를 위해 '아이 개조 프로젝트'를 시작했다.

그로부터 몇 년의 시간이 흐른 지금, 지연은 많이 다른 아이가 되어 있다. 적어도 세상을 쉽게 살려 해서는 안 된다는 생각으로 노력하며 사는 사람으로 자랐다. 어쩌면 그것이 내가 지연과 가족을 이루면서 얻은 가장 큰 보람일 것이다.

중학생이 된 지연이 어느 날 나에게 말했다.

"엄마, 이다음에 커서 내가 아이를 낳으면 엄마처럼 아이를 키우고 싶어요. 지금 엄마가 나에게 해주는 이야기들을 다 기억했다가 아이에게 들려주고 싶은데……."

가슴이 먹먹해지는 순간이었다.

가능성이 있는 아이를 만났기에 숨은 재주를 발견하여 끄집어낸 것이고, 세상을 살아갈 때 가져야 할 책임감을 알려줬을 뿐이다. 그것을 연마하고 재주를 부린 것은 온전히 지연의 몫이었음을 이야기하고 싶다.

졸필인 내가 이 글을 써보겠다고 용기를 낸 밑거름이 바로 이 한마디였다고 해도 과언이 아니다. 그동안 내가 한 걸음씩 나아갈 수 있도록 용기를 주고 결실을 맺게 해준 지연에게 너무나 고맙다.

마지막으로 내가 이 책을 낼 수 있도록 추천하고 응원해준 남편, 책을 내기까지 나를 믿어주고 많은 도움과 용기를 준 라온북 조영석 대표, 그리고 라온북 식구들에게 감사의 뜻을 전한다.

김경화

• 목차 •

## 3장 기죽이지 않으려다 아이 자존감을 망친다



## 4장 우리가 모르는 새, 아이들이 중독되고 있다

## 5장 아이는 엄마가 아는 것보다 훨씬 강인하다

## 6장 평생 품 안의 자식으로 키울 수는 없다

## 7장 강한 엄마가 욕먹지 않는 아이로 키운다

# 1장

×

# 다 받아줬더니 아이의 꿈과 목표가 사라졌다

## 바나나를 잘라줘야 먹지

'선한 눈매에 겁이 많은, 착해 보이는 여자아이.' 처음 지연을 만났을 때 내가 느낀 첫인상이었다. 당시는 초등학교 4학년인 지연과 차츰 가까워지기 위해 같이 놀이동산도 가고, 예비 시댁 식구들과 여행도 가는 등 나름의 노력을 하던 때였다.

그런데 아이와 함께하는 시간이 거듭되면서 그렇게 착하고 순해 보이던 아이에게서 하나둘 문제점이 보이기 시작했다.

어느 주말 오후, 시어머니께서 외출하시고 지연과 거실에서 함께 TV를 보고 있었다. 식탁 위에 바나나를 올려뒀던 게 생각나 "지연아, 식탁에 바나나 있어. 바나나 갖다 먹어"라고 했다.

아이는 의아한 표정으로 나를 쳐다보더니 "바나나를 갖다줘야 먹지!" 하는 게 아닌가. 바나나를 가져다줬더니 이번엔 그 바나나를 바라보며, "까줘야 먹지!" 한다. '이게 뭐지?' 하면서도 껍질을

까서 손에 쥐여주려 하자 "잘라줘야 먹지!" 한다. 꾹 참고 접시와 칼을 가져와 잘라줬다. 아이는 "포크가 있어야 먹지!" 하고 나를 쳐다보며 태연히 이야기하는 게 아닌가.

'얘가 정말!'

결국 포크까지 가져다주고 나서야 지연은 바나나를 먹기 시작했다. 그 모습을 보며 나는 이건 정말 아니다 싶었다.

며칠 후 함께 나갈 일이 생겼다. 얼른 옷 입고 양말을 신으라고 지연에게 말했더니 이번에도 "양말을 꺼내줘야 신지!"라고 한다. 그동안 외출할 때면 할머니가 옷이며 양말을 다 꺼내줘야 입고 나갔다고 하면서 말이다. 아이는 4학년이 되도록 스스로 옷가지를 챙겨본 적이 없었던 듯했다.

편식도 심해서 채소는 거의 입에 대지 않았는데 심지어 샌드위치나 햄버거도 채소가 들어 있다며 먹지 않았다. 안 먹겠다는 음식의 종류는 제법 많았고, 골고루 먹어야 한다고 하면 입을 양손으로 감싸 막으며 고개를 절레절레 내저었다.

시어머니는 아이가 연약하다고 생각해 몸에 좋다는 홍삼액이나 한약을 떨어뜨리지 않고 먹였다. 이 때문에 아이는 열이 많은 편이어서 겨울에도 옷을 제대로 챙겨 입지 않았다. 한겨울에 스웨터만 입고 외출했다가 감기에 걸려오곤 했다. 한여름에도 감기와 비염으로 약을 달고 살았다.

어린이날이 다가오던 어느 날 선물로 무엇이 갖고 싶으냐고 물으니, 지연은 심드렁한 표정으로 "별로 없어요. 아무거나 사주세요"라고 대답했다.

이 대답은 나를 상념으로 이끌었다. 굳이 우리 어린 시절까지 거슬러 올라가지 않더라도 보통 아이들은 평소에 갖고 싶은 것이 생기면 기억해뒀다가 생일이나 어린이날을 기회 삼아 사달라고 하지 않는가? 그러나 지연은 간절하게 갖고 싶어 하는 것이 없었고 아쉬움도 없었다.

과연 이것이 아이에게 좋은 상황인 걸까? 우리네 할머니들이 모두 그러하듯, 시어머니는 손녀에게 무한 사랑을 주고 있었다. 지연이 부모 사랑을 제대로 못 받으며 자랐다며 불쌍하게 여기고, 늘 안쓰러워했다. 그 보상으로 아이가 손가락 하나 까딱하지 않아도 될 만큼 수족이 되어줬던 것이다.

당시 시어머니의 생각은 나도 충분히 이해한다. 시아버지는 외항선을 타는 직업 탓에 평생 집에 있는 날보다 밖에 있는 날이 더 많았다. 시어머니는 집에 없는 남편 대신 아들을 의지하여 세 남매를 키워내며 살아온 분이었다. 그런 아들이 혼자되었으니 마음은 늘 불편했고, 어린 손녀에게 마음이 쓰였던 것이다. 그러니 아이에게 당신이 할 수 있는 모든 노력과 헌신을 쏟는 건 당연한 일이었다.

문제는 시어머니의 의도와 달리 아이는 지나치다 싶을 정도로 부족함 없이 자랐고, 그것이 타고난 성향과는 다르게 배려심이 부족하고 자기 중심적인 아이로 만들었던 것이다.

지연에게는 무엇보다 세상에 대한 호기심이 없었고, 꿈이나 희망사항이 없다는 더 심각한 문제점이 있었다. 아이는 자신이 원하기만 하면 다 이루어질 거라 막연히 생각해 아무런 노력도 하지 않았다. 당연히 매사에 의욕이 없었고, 수줍음이 많았으며 자존감도 낮았다. 지연은 혼자서 아무것도 못 하는 수동적인 아이였다.

그도 그럴 것이 아이는 경제관념조차 제대로 세울 수 없는 환경 속에 있었다. 아이 방 서랍이나 가방 구석, 옷 주머니에는 만 원짜리가 늘 굴러다녔다. 불쌍한 손녀가 어디 가서 기죽지 않았으면 하는 마음에 시어머니는 필요하면 얼마든지 쓰라고 지연에게 돈을 쥐여주었다.

모든 것이 아이 스스로 목표를 고민하거나 노력할 필요성을 깨닫지 못하게 하고 있었다. 그 누구도, 무엇도 동기를 부여해주지 않았다. 학원은 친구들 만나러 가는 곳이었고 집에서는 온종일 TV 앞에 있지 않으면 컴퓨터와 게임기를 가지고 놀았다. 인터넷으로 무엇을 하는지 아무도 확인하지 않았기에 지연은 웹툰을 보고, 무제한 서핑과 게임을 하며 지냈다.

이런 상황이니 성적도 좋을 리 없었다. 심지어 4학년 학기말고사를 이틀 앞둔 날까지 아이가 시험이 있는지 몰랐다고 할 만큼 공부는 뒷전이었다. 낮은 시험 점수를 보고 속상해하는 할머니의 잔소리를 들으면 아이도 풀이 죽긴 했지만, 그때뿐이었다. 어디서부터 잘못된 것인지, 앞으로 아이에게 어떤 가능성이 있는지 아무도 심각하게 고민하지 않았다. 가족 모두 그저 '애 성적이 왜 안 좋은지 모르겠네?'라고 생각하는 정도였다. 이렇게 이야기하면 지연이 문제아로 보이겠지만, 겉보기에 아이는 무척 조용하고 순하며 평범했다.

하루는 밥상에 달걀부침을 해서 올렸다. 전날 아이가 완전히 익힌 달걀부침을 잘 먹던 기억이 나서 신경 써서 똑같이 잘 익혀 내놨다. 그런데 달걀부침을 본 지연이 입을 꽉 틀어막으며 안 먹겠다고 생떼를 부렸다. 오늘은 한쪽만 익힌 달걀을 먹겠단다. 이미 익어버린 달걀을 살릴 수도 없는 노릇이라 난감했다.

"지연아, 내일은 달걀을 한쪽만 익혀줄 테니 오늘은 그냥 먹자" 라고 하자 싫다면서 대뜸 할머니를 쳐다봤다.

옆에서 그 모습을 보고 있던 시어머니는 "그거 다시 해주면 되지. 왜 애가 해달라는 걸 안 해주고 그러냐!"라며 나에게 처음으로 역정을 냈다. 그러고는 손수 아이가 원하는 대로 달걀부침을 해서 아이 앞에 놓아줬다.

나는 이것이 비단 우리 집만의 특이한 사례라고 생각하지 않는다. 주변만 봐도 편식하거나 군것질을 많이 해서 입맛이 없는 아이들에게 밥숟가락을 들고 쫓아다니며 먹여주는 엄마들을 흔히 발견할 수 있다. 상전도 그런 상전이 없다.

어느 날 TV에서 유명 연예인들이 가정집을 찾아가 밥을 함께 먹는 프로그램을 보았다. 그날은 서너 살짜리 아이가 있는 젊은 부부의 집을 방문했는데 그 집 저녁상에는 밖에서 사온 음식 두 가지가 놓여 있었다. 부부는 평소 아이만 건사하기도 벅차 웬만한 반찬과 국은 친정과 시댁에서 공수해 먹는단다. 그날은 두 가지 모두 아이가 먹고 싶어 해서 사왔다고 했다. 여기까지는 뭐 그럴 수 있다고 생각했다. 문제는 그 뒤였다.

진행자가 보통 식사는 어떻게 먹느냐고 물으니 매번 아이를 먼저 먹이고 남은 음식을 두 부부가 처리한다고 하는 게 아닌가. 밥상머리에서 어른이 먼저 수저를 들어야 한다는 예절 교육은 고사하고, 조선 시대 왕이 먹고 남은 음식을 상궁에게 내려주듯 아이가 남긴 음식을 그제야 부모가 먹는다니! 기가 찰 노릇이었다. 더군다나 그날은 아이가 장난감을 갖고 노느라 식탁으로 오지 않는 바람에 엄마가 밥을 들고 방으로 가서 아이에게 한 숟갈 한 숟갈 떠먹이고 있었다. 아이는 관심 없다는 표정으로 겨우 입을 벌려 음식을 받아먹었다.

10년 넘게 바라다 얻은 귀한 아이라는 말에 부부의 심정은 이해했지만, 그 모습을 보는 내내 어찌나 가슴이 답답하던지…….

대부분 이런 아이들은 뭔가 다른 것 때문에 입맛을 잃은 상태다. 그러고서 아이는 이렇게 대접받는 게 당연하다는 듯 밥 한 숟가락을 먹이기 위해 쩔쩔매는 엄마의 모습을 바라본다. 과연 이게 우리 아이의 미래에 좋은 영향을 미칠 것인가?

시어머니는 행여 내가 지연을 구박하는 새엄마처럼 보이기라도 할까 봐 노파심에 달걀부침을 해줬던 것이다. 하지만 시어머니가 언제까지고 아이를 보호해줄 수는 없었다. 아이에게는 세상에 홀로 나가 인생을 헤쳐나가야 할 시간이 얼마 남지 않은 상황이었다. 이후로도 비슷한 일들이 몇 번 더 있었고 문제가 무엇인지 분명해졌다. 하지만 혼자서는 아무것도 할 수 없었다. 가족이 모두 공감하고 노력하지 않으면 아이의 변화를 기대하기 어렵다고 생각했다.

다행히 남편은 아이에 대한 내 진단을 공감해줬고, 그 덕분에 아이를 변화시키는 프로젝트를 시작할 수 있었다. 물론 남편은 아이의 상태를 나만큼 심각하게 생각하지 않았다. 아이의 성적이 좋지 않은 것과 매사에 소극적이고, 무엇에도 흥미를 갖지 않는다는 현상에 대해서만 걱정했을 뿐이다.

문제는 '어떻게 아이를 변하게 할 것이냐'였다. 나는 아이를 키워본 경험도 없었고, 과거에 교육이나 아동심리를 전공한 적도 없었다. 게다가 가족 중 누구도 아이 문제를 나만큼 중대하게 받아들이지 않았다.

'요즘 애들이 다 그렇지, 뭐가 문제라는 거야?' 하는 시선을 느끼며 '이러다 정말 팥쥐 엄마가 되면 어쩌지?' 하고 번민하는 시간이었다.

## 지나친 내리사랑이 목표 없는 아이를 만든다

어느 주말 오후, 당시 4학년이었던 지연과 처음으로 책을 함께 읽고 있었다. 영어 유치원을 2년이나 다니고, 초등학교에 들어가서도 누구나 한 번쯤 이름을 들어봤을 법한 유명 영어 학원을 3~4년이나 다닌 아이였다. 간단한 영어 동화책 정도는 쉽게 읽을 수 있을 거라 여겨 10여 페이지의《신데렐라》를 집어 들었다. 같이 등을 기대고 앉아 첫 페이지를 펼쳤는데 두 줄을 채 못 내려가는 게 아닌가. 너무나 쉬운 단어들이었는데도 해석을 못 했다.

'어? 아이 수준이 원래 이 정도인 게 맞는 건가?'

당황스러웠지만, 어떻게 반응해야 할지 난감했다. 요즘 아이들의 수준을 모르니 판단을 아예 할 수가 없었다. 한두 페이지 정도는 아이가 모르는 단어를 표시하고, 그 단어의 뜻을 사전에서 찾는 연습까지 시켜가며 해석을 같이하다가 일단 책을 덮고 거실로 나왔다.

거실에 있는 남편에게 조심스럽게 상황을 설명하니 못 믿는 눈치였다. 그래도 영어 유치원을 포함해 영어 사교육을 5~6년이나 꾸준히 시킨 아이가 그럴 리가 있겠냐는 반응이었다.

"에이 설마……. 지연아!"

아이를 불러 실력을 재확인한 남편은 아이에게 호통을 치기 시작했다. 나만 팥쥐 엄마가 된 기분이었다. 덕분에 그날 시어머니에게 미운털이 박혔음은 말할 필요도 없다.

그동안 아이는 학원과 학교를 친구와 놀기 위해 다녔던 것이다. 숙제는 꼬박꼬박 해갔는데 노트에 단어를 여러 번 적는 것도 하얀 종이 위에 까만 글씨를 채운 거였고, 무언가를 외워서 머릿속에 담거나 궁금한 것을 배워가는 과정은 없었다. 아니 그럴 필요조차 느끼지 못했다. 단순히 눈앞의 현상과 그 결과만 놓고 아이를 야단친다 해도 달라질 것은 없었다.

언젠가 실화를 다루는 TV 프로그램에서 폐휴지를 줍는 어느 할머니의 사연을 본 적이 있다. 할머니는 'ㄱ'자 굽은 허리로 손수레에 의지해 다니며, 매우 열악한 환경에서 거처하고 있었다. 끼니 또한 말도 안 되는 음식으로 겨우 연명할 만큼 때우며 지냈다. 그런데 그 할머니에게는 다 자란 아들이 있었고, 결혼까지 해서 손자도 있었던 것으로 기억한다.

황당했던 것은 그 아들이 가족과 함께 멀쩡히 아파트에 살며, 번듯해 보이는 직장에 다니는데도 할머니는 매달 폐휴지를 모아

판 돈을 아들에게 생활비로 줬다. 심지어 아들의 집 안은 홈쇼핑에서 사들인 물건으로 발 디딜 틈도 없이 가득 차 있었다. 그래서 아들이 직장에서 버는 돈만으로는 늘 생활비가 부족했던 거였고, 할머니는 불편한 몸을 이끌고 폐휴지를 모아 그 부족한 돈을 보태준 것이었다. '세상에 이런 일이……'라는 소리가 절로 나온다.

내 주변에도 비슷한 사례가 있다. 어려서부터 부모가 자식을 유난히 귀하게 키웠는데, 자식은 그럴듯한 학벌을 가졌음에도 쉰이 넘도록 사회에 적응하지 못했을 뿐 아니라 경제적으로도 독립하지 못했다. 어미 배 속에서 나가지 못하는 캥거루인 양 그 나이가 되도록 부모 집에서 놀고먹으며 무능한 생활을 하고 있었다. 그 부모는 차마 자식을 두고 눈을 못 감겠다며 어디서부터 잘못된 것인지 알 수가 없다고 입버릇처럼 말하곤 했다.

하지만 이것이 비단 자식만의 문제일까? 분명 겉보기에는 무능력한 자식의 문제 같지만, 그 원인을 찾아 올라가면 젖먹이 시절부터 부모가 길들인 습성일 가능성이 크다. 이렇게 말하면 부모는 억울할 것이다. 어찌 키운 자식인데 말이다.

자식 귀하게 여기지 않는 부모가 어디 있겠는가? 하지만 '귀할수록 매 한 대 더 때리고, 미운 놈 떡 하나 더 주라'는 옛말은 틀린 얘기가 아니다. 어른이 되고, 아이를 키워보니 이런 말이 어찌나 귀에 쏙쏙 들어오는지 모른다.

영어 표현 중에 'spoil'이라는 단어가 있다. '멀쩡한 어린아이를 응석받이로 키워 망친다'는 뜻이다. 생각해보자. 우리도 지금 사랑이란 명분으로 눈에 넣어도 안 아까운 자식들을 'spoil' 시키고 있는 건 아닌지. 폐휴지 줍는 할머니가 아들에게 돈을 주기보다 인간의 도리를 가르치고, 돈을 제대로 쓰는 방법을 알려줬다면 굽은 등으로 폐휴지를 주우러 다니지는 않았을 것이다.

우리도 직장에서 번 돈으로 살림을 꾸리지 못하고, 노모가 폐휴지 주워 모은 돈으로 마이너스를 메꾸는 사람으로 자식을 키우면 안되는 것 아닌가?

그런 관점에서 지연은 그냥 지나칠 수 없는 지경에 이르렀다고 판단했다. 공부는 못할 수 있다. 요즘 세상이 어떤 세상인가? 옛날처럼 화이트칼라 아니면 블루칼라로 구분되는 것도 아니고, 레드칼라도 옐로칼라도 존중받는 시대다. 한 가지 주제에 관심을 두고 그것에 집중하면 다양한 기회가 오는 시대이기도 하다. 문제는 대충 해서는 안 된다는 것이다. 요리사도 될 수 있고 스타일리스트도 될 수 있다. 하지만 그렇게 되려면, 간절하게 원하고 노력해야 성공할 수 있다.

지연은 특별히 원하는 게 없었고 '이다음에 크면 ○○○가 되고 싶다'라는 작은 바람조차 없었다. 아니 원할 필요가 없었다. 원하기 전에 어른들이 다 채워줬고, 혼자 할 수 있는 일도 위험하다는 이유로 그 기회를 앗아갔다. 당연히 아이는 무엇에도 흥미가 없었고, 도전할 대상도 없었다. 모든 것을 어른이 대신 결정해주다 보니 수동적인 아이가 된 것은 물론, 스스로 무엇을 하든 자신감이 없었다. 지나치게 보호하고 미리 채워준 결과였다. 그런 지연을 보며 '이 아이는 원래 그런가 보다' 하고 체념할 무렵, 나는 작은 희망을 보게 되었다.

어느 날 아이와 조카를 데리고 식당에 갔다. 함께 고기를 구워 먹던 지연이 갑자기 공깃밥이 먹고 싶단다. 할머니가 있었다면 당연히 알아서 챙겨주었겠지만, 나는 아이의 반응을 볼 요량으로 네가 달라고 해보라고 했다. 그러자 큰 소리로 "이모님! 공깃밥 하나 주세요!" 하는 게 아닌가? 제대로 말도 못하고 쭈뼛댈 거란 예상과 달리 당당하게 주문하는 아이의 모습에 도리어 내가 더 놀랐다.

'뭐 이 정도에 놀랄 것까지야'라고 생각하는 사람도 있겠지만, 평소 지연은 부끄러움을 많이 타서 낯선 사람과 말 한마디 제대로 못 하는 아이였다. 그날 나는 비상을 시작하는 아이의 작은 날갯짓을 본 느낌이었다.

이후로도 식당에 가면 일부러 아이에게 주문도 시키고, 물이 셀프인 곳에서는 물도 직접 떠 오게 하고, 여행을 가서는 기차표를 직접 사 오게 하는 등 작은 도전을 하게 했다. 그런 일은 당연히 어른이 해야 한다는 편견을 깨주려 한 것이다. 놀랍게도 지연은 작은 도전을 즐기기 시작했다. 아이는 태생부터 소극적인 게 아니었다. 그저 할 필요가 없었을 뿐이다.

간혹 경쟁적이고 적극적인 성향을 타고난 아이들도 있다. 그런 몇몇을 제외하면, 대부분 성장 과정에 따라 후천적으로 적극적인 성향이나 수동적인 성향이 만들어진다. 예를 들어 형제가 많은 집안에서 전투적으로 자란 아이들은 먹는 모습부터 다르다.

인간은 무언가 부족할 때 그것을 채우고자 노력한다. 그 노력은 인간을 발전시키고 성취하게 한다. 그러한 경험이 축적되어 성향이 되는 것이다. 배고프면 우는 아이를 보면 알 수 있듯이 이는 본능에 충실한 유아기 때부터 시작된다.

아이를 사랑한다면 다 채워주려 하지 말고, 자신에게 무엇이 필요한지 인지하는 기회를 주자. 스스로 부족함을 느낄 때, 채우려 하는 의지도 만들어진다. 즉 결핍이 동기를 만드는 것이다. 그 동기는 아이가 스스로 살아가게 하는 원동력이 된다.

지연처럼 부족함 없이 태어났다면 고의적인 결핍을 만들어줘야 한다. 그런데 많은 부모가 이 부분에서 갈등한다. 과연 결핍이 아이의 미래에 긍정적인 영향을 미칠 것인지 확신이 서지 않고 자칫 아이에게 사랑이 제대로 전달되지 않을까 걱정하는 것이다.

하지만 나는 분명히 말할 수 있다. 사랑은 다른 식으로도 얼마든지 느끼게 해줄 수 있다고. 지연과 내가 그것을 증명해냈듯이.

## 아이가 전부인 요즘 엄마

"나가 놀아. 좀!" 우리네 어린 시절, 심심해서 치맛자락을 잡고 칭얼대면 일손을 놓지 못하던 어머니들이 하던 말이다.

당시 어머니들은 직장에 다니지 않더라도 요즘 엄마들보다 훨씬 바빴다. 매일 삼시 세끼를 손수 차려야 했고, 유치원에 가기 전까지는 온종일 아이를 건사해야 했다.

자녀가 학교에 입학하는 순간부터는 도시락 전쟁이 시작됐다. 고등학교 2학년 정도만 되어도 도시락을 두 개씩 싸야 했는데, 요즘처럼 즉석식품이나 반찬을 사올 곳도 없었다. 김칫국물이 흐를지언정 매일같이 직접 반찬을 하고 새벽밥을 해서 도시락을 싸야 했으니 그것만으로도 우리네 어머니들은 하루가 짧았을 것이다.

세탁기도 널리 보급되지 않았던 시절이어서 빨래를 일일이 손으로 했으니 그 노고를 상상할 수도 없다. 자동세탁기의 탄생이 가사활동 간소화에 미친 영향은 혁신적이다.

오늘날에는 대부분 아파트 생활을 하고, 관리실이 따로 있어 주거 관리에 특별히 신경 쓸 필요가 없다. 하지만 예전엔 그 모든 일이 우리네 어머니의 몫이었다. 연탄불을 꺼뜨릴까 노심초사하며 오밤중에도 시간 맞춰 일어나 연탄을 갈아야 했다.

지금 세상은 어떤가? 유치원은 물론 초등학교부터 급식이 나온다. 일 년에 한두 번 어쩌다 아이가 체험학습이라도 가게 되면 도시락을 쌀 뿐인데 그것도 동네 김밥집이나 도시락 가게에서 해결 가능하다. 이제는 도시가스나 지역난방으로 버튼만 누르면 난방이 되고 더운물이 나온다. 요즘 엄마들은 정말 복받은 거다.

세상은 편리해졌고 우리에겐 그만큼 시간적 여유가 생겼다. 물론 세상 좋아졌다고 집안일이 모두 쉬워진 건 아니지만, 예전에는 엄두도 못 냈던 '커피타임'이란 것도 생기지 않았는가. 이렇게 가사 노동 시간이 줄어든 대신 육아와 교육에 쓸 시간은 더 많아졌고, 명분도 충분하다.

문제는 그 몰입도가 점점 더 과도해지고 있다는 것이다. 우선 아이와의 공간적인 거리가 너무 가깝다. 마당 없는 아파트나 연립주택 생활이 대부분이다 보니 아이가 놀이방이나 유치원, 학원을 가지 않는 한 늘 같은 공간에서 지켜보게 된다. 또래 친구와도 엄마들끼리 사전에 시간 약속을 해야 함께 놀 수 있고, 아무 때나 밖에 나가 노는 일은 거의 없다. 친구를 만나려면 학원이라도 다녀야 한다.

또 아이를 하나만 낳는 게 일반적이라 집 안에서는 늘 아이 혼자 놀아야 한다. 어쩔 수 없이 부모가 놀이 동무가 되어줘야 하는데 그게 보통 일이 아니다.

세간에서는 눈높이 교육이 중요하다고 하니 그것도 신경을 써야 하고, 책을 많이 읽히라고 하니 하루에 한두 시간씩 책을 읽어주는 엄마들도 주변에 제법 많다.《생각하는 엄마 기다리는 아이》(국일미디어, 2013)를 보면, 엄마가 아이를 위해서 이렇게나 다양한 육아 · 교육 프로그램을 만들고 실천할 수 있다니 혀를 내두르게 된다. 내 주변에도 이런 추세에 영향을 받아 아이가 한글을 떼기 전까지 퇴근 뒤에 하루에 몇 시간씩 책을 읽어주던 동료가 있었다. 지켜보니 절대 쉬운 일이 아니었다.

옛날에는 자식을 위해 이사를 세 번이나 간 맹모 이야기가 길이 전해질 정도로 대단한 이야기였지만, 요즘 엄마들은 교육을 위해서 이사는 물론이요, 아이의 일거수일투족을 관리하는 게 보통 일이다. 학군 좋은 동네의 전세 보증금이 30평형에 10억이 넘어간다는 건 너무나 익숙해 이제는 놀랍지도 않다. 아이의 교육을 위해 내 집은 세를 주고, 불편함을 무릅쓰더라도 재개발 직전의 아파트에 몇 년씩 전세를 사는 것도 요즘 흔히 접할 수 있는 맹모의 예다.

지연이 고등학교 1학년 때의 일이다. 한번은 학급 부모 모임에 가게 되었는데, 참석한 부모들이 신기하게도 아이들에 관한 일뿐 아니라 학교에서 벌어지는 일들에 대해 교직원만큼 꿰뚫고 있었다. 어떤 학부모는 학교에서 이번에 바꾼 급식 식판에 문제가 있다고 지적하면서 학교에 교체를 요구해야겠단다. 나는 별 차이를 모르겠는데 말이다. 또 방학 캠프에 참여했던 학생들이 주축이 되어 주말에 교내에서 저희들끼리 고기 파티를 하기로 했는데, 어떤 학부모가 고기 파티 대신 케이터링을 부르자고 제안했었단다. 그런데 학교에서 승낙을 안 해줬다며 불만을 제기했다. 그러자 또 다른 학부모는 엄마들 20~30명 정도가 학교에 직접 가서 고기를 구워주고 뒷정리를 해주면 어떻겠느냐고 의견을 냈다.

그 모습을 보고 있다가 "왜 엄마들이 가야 하죠?" 하고 내가 물으니, 모두 눈을 동그랗게 뜨고 나를 보며 입을 모았다.

"어머, 지연 엄마도 참! 애들끼리 고기를 먹으면 누구는 굽고, 누구는 먹고 그럴 것 아니에요. 고기를 제대로 안 익혀 먹을 수도 있고, 고기 굽다 다칠 수도 있고요. 다 먹고 나서 그릇들은 또 누가 치워요?"

교내에서 고등학생들이 선생님들과 휴대용 가스레인지로 고기 구워먹는 게 그리도 위험한 일인가? 이 정도 문제는 오히려 팀워크로 분담해서 아이들끼리 해결해보도록 일부러 시켜봐야 하는 거 아닐까? 얼마 후 모처럼 캠핑 기분을 내면서 아이들끼리 고기 파티를 하고 싶었는데, 엄마들 때문에 그저 그런 고기반찬 저녁을 먹었다면서 지연이 투덜거리는 소리를 들었다.

문제는 그때 모였던 엄마 중 유일하게 나만 이 문제에 다른 견해를 냈다는 점이다. 요즘 엄마들은 아이의 모든 일정을 직접 결정하고 관리해준다. 아이는 엄마가 리드하는 대로 움직이기만 하면 된다. 학교와 학원을 통학할 때도 매번 부모가 기다렸다가 태우고 이동하는 것도 이제는 '상식'이 되었다.

우리나라처럼 대중교통이 잘 발달한 나라에서 20~30분이면 가는 거리를 왜 일일이 아이를 데려다줘야 하는지 알 수가 없다. 어느 엄마는 딸이 대학생이 됐는데도 직접 통학시키고, 인턴 자리도 알아봐주고, 학교에서 픽업까지 해서 딸이 인턴으로 취직한 회사를 데리고 다녔다고 한다. 부모가 아니라 수행비서다.

학업 관리에서도 비슷한 문제가 나타나고 있다. 아이가 시험 공부를 할 때 엄마가 옆에서 같이 시험 공부를 하는 집도 있다. 심지어 아이 방은 물론 아이가 공부하는 독서실까지 따라가 감시하는 일도 많다고 한다. 어느 유명 자립형 사립 고등학교에서 전교 1등을 하는 학생은 엄마가 직접 요점 정리를 해준다는 얘기도 들었다. 요점 정리를 왜 해주냐고 묻자 그 엄마는 "아이가 학교에 학원까지 다니느라 너무 바빠서 요점 정리할 시간이 없잖아요!"라고 대답했단다. 아이는 엄마가 해준 요점 정리를 달달 외우기만 해서 시험을 봤다.

진학에 관해서도 요즘 엄마들은 준전문가가 되어 아이의 진학 가이드를 한 지 꽤 오래됐다. 아이들이 자신의 진로와 진학의 주체가 되지 못하는 것이다.

그뿐 아니라 대학을 졸업하고 회사에 다니는 자식들조차 엄마의 영향력 아래 있는 경우가 많다. 회사에 들어간 아이의 상사에게 엄마가 전화해서 '잘 부탁드립니다' 하고 인사하는 것은 물론이고, 인사 결정에 대해 '왜 보직을 다른 보직으로 바꿔주지 않느냐'고 항의하는 일도 비일비재하다.

심지어 대기업에 다니는 지인은 대리·과장급 직원에게 조직 개편으로 보직 변경을 상의하니, "엄마에게 물어보고 내일 말씀드리겠습니다"라고 해서 뒷목을 잡았다고 한다.

이런 현상의 이유는 분명하다. 자식을 사랑하기 때문이다. 그런데 그 '정도'가 문제다. 왜 그렇게 하느냐고 물으면 모두 '세상이 무서워서', '아이가 잘못될까 봐', '어른이 됐을 때 좀 더 나은 사회적 위치에 올랐으면 해서', '더 좋은 대학에 보내기 위해서' 등의 이유를 댄다. 즉 사회의 구조적인 문제 때문에 어쩔 수 없다고들 하지만, 그 근저에는 인프라와 시스템의 발달로 생긴 삶의 여유를 아이에게 올인하고 아이에게 지나칠 정도로 관심과 걱정을 쏟아붓는 등 부모 삶의 중심에 아이가 있기 때문이다.

아이가 소중한 것은 두말할 것 없는 사실이지만, 아이가 부모 인생의 전부가 돼서도 안 된다. 그것은 부모 자신에게도 문제고, 아이의 성장과 미래에도 부정적인 영향을 끼친다.

아이에게 과도하게 관여하면 아이의 자율성이 현저하게 떨어진다. 그 때문에 수동적인 어른이 되거나 안하무인이 될 수 있다. 우리는 지금 이 점을 마음 깊이 고민해봐야 할 시기에 직면해 있다.

오늘도 학교 앞에서 아이를 학원에 데려다주려고 기다리는 엄마들에게 말하고 싶다.

"어머니, 어머니. 그러시면 안 됩니다!"

## 벼랑 끝에 서면 아이의 잠재력이 나온다

지연과 함께한 시간이 쌓여가면서 난 아이의 장래 모습을 그려보게 되었다. 무엇을 할 것인가는 둘째치고, 호기심도 열의도 없는 아이가 세상을 어찌 헤쳐나갈지 가장 걱정이었다.

언제까지 아이의 옷을 챙겨주고 생선 가시를 발라줄 수는 없지 않은가. 무엇보다 그동안 몸에 배어버린 의존심과 자신감의 부재가 세상을 사는 데 걸림돌이 되리라고 생각했다.

어쨌든 지금부터 아이를 책임져야 할 사람은 나였다. 첫 번째로 내가 링에 올린 것은 바로 '편식과의 투쟁'이었다. 일단 상에 올라온 음식이 무엇이 됐든 다 먹도록 했다. 대신 먹기 싫은 것을 세 가지만 꼽으라고 했고, 그것은 네가 원하는 대로 먹지 않아도 된다고 허락했다. 지연은 육회, 젓갈, 햄버거는 먹지 않겠다고 선택했다.

아이는 그 세 가지를 제외한 나머지는 골고루 먹겠다고 약속을 해놓고 한번은 제 입맛에 맞는 것만 먹으려 하기에 맨밥에 간장만 먹인 적이 있다. 다채로운 음식의 고마움을 알게 하고자 함이었다. 그렇게 한 번 먹고는 불만 없이 골고루 먹게 되었다.

심지어 그토록 싫어했던 채소도 먹어보니 맛있다면서 어느 날은 식당에 가서 "아줌마, 양파 좀 더 주세요!"라며 추가하기도 했다. 이렇게 했는데도 초콜릿이나 아이스크림처럼 단 음식을 무척 좋아하는 건 여전하다. 하지만 이것까지 뭐라고 하지는 않는다. 몸에 좋은 음식을 골고루 먹이는 것이 더 중요하기 때문이다.

사실 지연은 젓가락질도 제대로 못 했다. 누군가는 젓가락질 못 하는 게 별일이냐 할 테지만, 나는 이것 또한 고쳐보자고 마음먹고 함께 앉아 연습을 시켰다. 같이 연습할 때는 가르쳐준 대로 잘하다가도 막상 밥상에 앉으면 기존의 버릇이 되돌아왔다.

이런 일이 반복되자 지연은 너무 어렵다며 그만두길 원했다. 버릇을 버리지 못한 건 아이 마음속에 하고 싶지 않은 마음이 더 큰 탓이었다.

하지만 내가 누구인가? 이대로 포기할 수 없었다. 다음 날도 또 그다음 날도 땅콩과 쌀알을 접시에 담아 반복해서 연습을 시켰다.

아이는 포기하고 싶다는 속마음을 온몸으로 내보이며 마지못해 연습했다. 그렇게 며칠이 흐른 뒤, 나는 메추리알을 삶아 한 그릇 준비하고 젓가락으로 다른 그릇에 옮겨 담게 했다.

사실 메추리알 잡기는 워낙 미끄러워 젓가락질 잘하는 사람에게도 쉽지 않은 일이다. 아이도 젓가락을 옆으로 밀어 넣어 밑에서 받쳐 올리기에 다시 메추리알을 위에서 잡고 옮기라 조정해줬다. 덕분에 처음엔 온 손가락에 힘을 주고 몸을 비틀며 들더니 나중엔 제법 수월하게 힘줘 메추리알을 옮겨놓았다. 마지막 하나까지 겨우 옮긴 지연이 젓가락을 내려놓았다. 그 모습을 보고 “옮긴 거 다시 원래 그릇으로 옮기자” 했더니 아이는 한숨을 푹 쉬며 다시 젓가락을 들었다. 바로 그 순간, 아이는 극복해낸 것이다. 평생을 함께한 젓가락 습관을. 이미 옮긴 메추리알을 다시 반대편으로 옮길 때 아이는 훨씬 수월하게 옮겨 담더니 씩 웃었다.

그때 내가 물었다. “지금은 젓가락질이 쉬워졌지? 원래 네가 하던 방법이랑 비교해봐.” 아이는 의아해하며 말을 건넸다. “어? 근데 원래 어떻게 했었는지 잊어버렸어요!”

이제 우리 집에서 엑스자 권법으로 젓가락질하는 사람은 아빠 하나만 남았다.

한번은 회사에서 업무를 보는 중인데 아이한테서 전화가 왔다. 학교에서 돌아와 학원에 가야 하는데 깜빡하고 시간이 늦어 학원 차를 놓쳤단다.

“그래서? 너 학원 어디 있는지 몰라? “

“네? 알아요…….”

“그럼 어서 걸어서 가.”

“네…….”

아이는 잔소리 한번 듣고 그날 학원은 당연히 가지 않을 줄 안 모양이었다. 도보로 15분은 족히 걸리는 학원에 혼자 걸어서 가라고 할 줄이야! 많은 부모가 그렇듯 우리 부부도 맞벌이라 낮에 아이를 돌보는 게 여의치 않기도 했지만, 시간이 되더라도 지연을 어른 없이 아무 데도 못 가는 아이로 키우고 싶지 않았다.

그 후로 아이는 혼자서 어디에 가는 걸 두려워하지 않는다. 적어도 훤한 대낮에는 버스를 타거나 지하철을 타고 혼자 다니는 걸 당연하게 여긴다. 그런데 요즘에는 이런 일이 매우 희귀해졌다. 내가 팥쥐 엄마라서 할 수 있는 일인 걸까?

지금도 지연이 친구들에게 자랑삼아 이야기하는 게 하나 있다. 앞서 털어놓은 것처럼 아이는 매사에 의욕이 없고 하고자 하는 목표가 없었다. 나는 그런 지연에게 일상 속에서 할 만한 목표들을 주고, 그것을 이룬 대가로 무언가를 얻게 하는 경험을 쌓았으면 하는 취지에서 용돈을 벌어 쓰게 했다.

이렇게 이야기하면 내가 콩쥐에게 아르바이트라도 시킨 것 같지만, 아이의 경제관념을 키워줄 겸 나름 개발한 방법이었다.

일단 아이 방을 정리하며 여기저기 굴러다니던 돈을 모두 회수했다. 원한다고 모든 걸 가질 수 없다는 걸 알게 해주고, 저절로 생기는 건 더더욱 없다는 걸 느끼게 해주고 싶었다. 시작은 기존보다 매우 적은 돈을 매주 용돈으로 주는 것이었다. 그 돈만으로는 예전처럼 원하는 것을 마음껏 살 수 없다는 걸 깨닫고, 더 많은 용돈이 필요하다는 걸 느끼게 한 이후에, 용돈을 벌려면 무언가 노력해야 한다는 마음을 갖게 하기 위해서였다.

우선 아이가 가진 나쁜 습관이 무엇인지, 어떤 점을 개선해야 하는지 리스트로 만들었다. 그러고는 나쁜 습관이 나오면 점수를 깎았고, 개선한 점이 보이면 점수를 줬다. 특히 공부에 동기를 부여해주려고 학원이나 학교 시험 성적에 따라서 점수를 줬고, 아이가 적극적으로 무언가를 하면 큰 칭찬과 함께 점수를 줬다. 이렇게 받은 점수를 주 단위로 정산해서 용돈을 주는 제도였다.

아이는 자기가 용돈을 번다는 개념에 솔깃한 것 같았다. 이내 흥미를 느끼며 자신의 문제를 스스로 고쳐나갔다. 시간이 지나서 아이가 특정 습관을 고치면, 항목을 바꾸는 방식으로 다른 문제점도 개선할 수 있도록 아이를 이끌었다.

이런 방법은 일회성으로 '시험을 잘 보면 ○○사줄게' 하며 선심 쓰듯 원하는 것을 해주는 것과는 다르다. 이런 일회적인 물적 보상은 목표를 이뤘을 때 지속적으로 아이를 독려하기 어렵고, 더 갖고 싶은 게 없어지면 이전으로 되돌아가기가 쉬워서다.

덤으로 지연은 자신이 노력해서 번 돈은 쓸 때도 아까워하며 썼다. 한번은 학교에 가져가야 한다며 사탕 한 봉지를 사러 갔는데, 가격을 보더니 눈을 동그랗게 뜨고 "무슨 사탕이 이렇게 비싸요? 천 원이나 해요!" 하며 놀랐다. 예전에는 책상 위에 늘 있던 돈이었는데 말이다.

자신이 노력해서 돈을 벌기 시작하자 아이는 함부로 돈을 쓰지 않았다. 나는 용돈 기입장을 만들어 수입과 지출을 기록하고 수입의 일정 금액은 반드시 저금하게 했다. 지연은 통장을 만들어 설날에 받은 세뱃돈과 함께 저금하고는 대학에 가게 되면 필요한 일에 쓰겠다며 뿌듯해했다. 물론 지금도 그 통장은 배를 불리고 있다. 요즘은 세뱃돈 외에 자신이 받은 장학금까지 오롯이 저금하는 중이다.

이런 용돈제도를 정착시켜 꾸준히 시행하던 중 독일에 사는 사촌 동생에게서 놀라운 이야기를 들었다. 독일인 시어머니가 자신의 손녀에게 용돈을 주는데 항상 시험 점수에 따라 용돈을 계산해서 준다는 이야기였다. 우리네 할머니들은 무조건 용돈을 많이 주려고 하는데 말이다. 돈에 대한 개념이 투철한 나라 사람들은 이미 용돈을 다른 방법으로 주고 있었던 것이다.

물론 이 용돈제도에 반기를 드는 부모들도 있을 것이다. 하지만 지연에게 이 방법은 분명 약이 되었고 자신이 가진 여러 잠재력을 꺼내는 계기가 되었다.

만약 아이가 이러한 결핍을 느껴보지 못하고, 미끄러운 메추리알을 손에 쥐가 나도록 집지 않았다면 어땠을까. 아마도 지연은 여전히 엑스자 권법으로 젓가락질하고 있을 것은 물론이고, 성인이 될 날을 코앞에 두고도 삶의 방향을 결정하지 못했을 것이다.

세계적인 기업가 빌 게이츠는 초등학생 자녀들에게 용돈을 1주일에 1달러만 줬다고 한다. 이렇게 용돈을 적게 준 이유는 쉽게 얻으면 세상을 스스로 살아가야 한다는 사실을 잊을 거라고 생각해서였다. 아이나 어른이나 할 것 없이 인간은 결핍을 통해 어떤 일에 최선을 다하겠다는 동기가 생기는 것이다.

내가 지연에게 시도한 일들은 부모라면 누구든 아이를 키우며 한두 번쯤 경험하는 일이다. 하지만 대부분은 끝까지 가지 못하고 포기하고 만다. 막상 대면하면 마음이 약해져서 그렇다.

인간에게는 가능한 한 편안함을 추구하려는 본능이 있다. 그리고 그 편안함에 계속해서 머무르려고 한다. 그러나 인간에게는 벼랑 끝에 서면 벗어나려고 하는 본능 또한 있다. 그래서 최선을 다해서 노력하고 그 덕분에 더 나은 단계로 올라가는 것이다.

어렸을 때 작은 도전을 하고 성공이든 실패든 결과를 받아들이는 경험을 한다면, 아이는 더 큰 도전도 할 수 있다는 용기를 갖게 된다. 이런 기억은 아이에게 삶에 맞설 수 있는 자신감을 준다.

지연이 6학년이 된 어느 날, 학교 친구가 엄마에게 자기처럼 용돈을 벌게 해달라고 말했다며 나에게 자랑을 했다.

나는 잠시 하던 일을 멈추고 아이를 바라봤다. 나에게 조잘대며 말하는 지연은 처음 봤을 때와 아주 많이 다른, 반짝이는 아이가 되어 있었다.

## 어린 시절 고생은 인생을 밝히는 등대

이번엔 아이가 아니라 나의 어린 시절 이야기를 잠깐 할까 한다. '386세대'라고 일컫는 세대의 일원인 나는 그 시대의 일반적인 아이들과 비슷하게 적당한 가난과 고생을 겪으며 성장했다.

어릴 때를 생각하면 밤새 스며든 연탄가스에 중독되어 축 늘어져 있던 나에게 엄마가 연신 숟가락으로 떠먹였던 동치미 국물 맛이 떠오른다. 당시 엄마는 수입품 판매가 흔치 않아 구하기 귀했던 미제 물건 장사를 했고, 그 바람에 나는 집에서 여섯 살, 여덟 살 차이 나는 남동생들을 업고 안고 집안일을 도왔다. 그때는 엄마가 집에 없으면 혼자 연탄불도 갈고, 그 연탄불에 밥을 해서 동생들과 함께 먹는 일이 제법 있었다.

가끔은 엄마의 심부름으로 물건 배달을 직접 하곤 했는데, 한번은 양손에 무거운 보따리를 들고 버스를 갈아타며 지금의 은마 아파트로 배달을 갔던 기억이 있다. 허허벌판에 우뚝 서 있던 낯선 새 아파트 단지가 얼마나 신기하던지. 그때 나는 중학생이었는데, 이제야 그 아파트가 재개발에 들어간다.

책 읽기를 좋아했지만, 당시는 책이 비싼 데다가 그리 흔한 시절도 아니었다. 한 친구가 나무 책장과 세트로 들여놓은 50권짜리 '세계 명작 동화 전집'이 부러워 시간이 날 때면 그 친구에게서 명작 동화책을 열심히 빌려다 봤었다.

그때만 해도 집 근처로 학교를 배정받는 게 아니어서 서울 끝자락에 살았던 나는 도보로 30분 이상 떨어진 국민학교에 다녔다. 고개를 넘어 마차가 다니던 흙길로 등하교를 했기에 겨울이면 신발이 온통 흙투성이가 됐다. 학교 가는 길에는 15원짜리 짜장면과 우동을 파는 작은 중국집이 있었다. 가끔 엄마가 학교에 오면 그곳에서 외식을 했기에 중국집 앞을 지날 때마다 그 맛이 생각나서 입맛을 다시곤 했다.

중학생이 되자 만원 버스를 원 없이 타고 다니며 통학을 시작했다. 그러다 중학교 3학년이 되어 담임선생님과 진학 상담을 하는데 뜻밖의 얘기를 들었다. 엄마가 나를 여자상업고등학교에 보내길 원한다는 거였다. 엄마는 나에게 한 번도 그런 말을 한 적이 없었는데 형편상 대학교 등록금을 대기가 어렵다고 판단한 모양이었다. 아마도 나에게는 미안한 마음에 차마 이야기하지 못한 것 같았다.

나름 상위권 학생이었기에 자존심상 그 사실을 받아들일 수 없었다. 대책도 없이 우겨서 인문계 고등학교로 진학했고, 질풍노도의 시기를 거쳐 대학에 진학했다. 하지만 입학의 기쁨은 잠시뿐 대학을 계속 다니기 위해서 아르바이트를 하거나 장학금을 받아야 했다. 적은 용돈 덕분에 학생 식당에서 팔던 100원짜리 라면과 커피도 친구와 나누어 사 먹었다. 하지만 나와 비슷한 친구들이 주변에 많았기에 나는 한 번도 불행하다 생각하거나 좌절하지 않았다.

가끔 밤하늘의 별을 보며 신세를 한탄하고 속상해했지만, 앞으로의 세상살이에 중요한 밑거름이 되리라는 믿음이 있었다. 당시 이다음에 취직해서 돈을 벌면 차곡차곡 모아서 초라한 노후를 맞지 않으리라 결심한 덕에 첫 직장을 참 열심히도 다녔고, 한우물만 판 결실도 보았다.

취직 후 몇 년 동안은 컴퓨터도 없이 타자기로 메시지를 쳐서 팩스로 보내던 시절이라 밤늦도록 공용 타자기 앞에서 똑딱거리며 일을 했다. 퇴근 시간은 평균 새벽 1시 반이었기에 어쩌다 12시쯤 회사에서 나오면 일찍 퇴근하는 것 같아 발걸음이 가볍게 느껴졌다. 버스는 끊어졌으니 합승 택시를 잡느라 길거리에서 손을 흔들던 나날이었다.

주 6일 근무로 일요일은 휴무였지만, 불안한 마음에 일요일에도 회사에 나가서 일을 하곤 했다. 명절 전이면 전 직원이 하루 이틀씩 밤새가며 상품 출고를 위해 거래처 공장에 가서 상품 검수를

했다. 이렇게 한 달을 매일 야근하며 받은 첫 월급이 34만 원이었는데 그중 12만 원을 당시 비과세 적금이던 재형저축에 저금하고, 집안 생활비에 나머지 반을 보태고, 10만 원도 안 되는 용돈으로 살았더랬다. 그래도 힘들다고 투정 한번 부리지 않고 열심히 살았다. 그때는 모두가 그랬으니까. 아마도 1980년대생까지는 이와 유사한 환경에서 자란 사람들이 제법 있을 것이다.

돌이켜보면 참 고단한 시절이었지만, 그렇게 30여 년의 시간을 보내면서 나름의 성과를 이루었기에 나는 인생에서의 만족도가 높은 편이다. 그러나 나와 비슷한 경험을 하며 성장한 주변 사람들이 아이를 낳아 기르면서 절대로 자기가 했던 고생을 물려주지 않겠다고 다짐하는 경우를 자주 목격한다. 이들의 마음도 충분히 이해는 할 수 있다.

하지만 나는 생각이 다르다. 어려서 그렇게 고생을 해봤기에 사회에 나와 힘든 시간을 견딜 수 있었다고 믿는다. 어린 시절 했던 고생이 바탕이 된 덕분에 실전에서 실패를 덜 할 수 있었으니까.

사회에 나와 경험했던 수많은 일은 학창 시절에는 상상도 못 했던 갈등과 고단함의 연속이었다. 직장생활 자체도 힘들었지만 동료관계나 친구관계도 녹록지 않은 심적 부담을 줬다. 그럴 때마다 내가 포기하지 않고 노력하며 지금까지 올 수 있었던 것은 아무래도 과거에 경험한 그 '고생' 덕분이었을 것이다.

직장의 직원들만 해도 여리고 곱게 자란 직원과 시골에서 태어나 갖가지 경험을 하고 들어온 직원은 일을 대하는 태도부터가 달랐다. 일을 잘하고 못하고를 떠나서 후자에게는 세상을 대하는 진지함이 있었다.

그래서 난 지난 시절의 고생을 감사히 여긴다. 덕분에 정신무장도 했고 마음 근육도 단단히 챙겨 세상에 나와 제법 잘 써먹었기 때문이다. 여린 마음 근육으로 세상에 어리바리하게 발을 내디뎠다가 어리지도 않은 나이에 고된 일을 겪는 것보다 한 살이라도 어릴 때 고생하고 긍정의 생각으로 세상에 나가는 것이 우리 아이들에게 훨씬 더 바람직하다.

과거를 어렵게 살아온 세대들이 한풀이처럼 요즘 아이들을 귀하게만 키우려는 것을 보면 이해도 가지만 안타까움이 더 크다. 내 자식이 부족하게 살길 바라는 부모가 어디 있으랴마는 무조건 귀하게 자란다고 그 아이가 행복하다는 논리는 성립하지 않는다.

그럼에도 내 아이에게는 원 없이 잘해주겠다고 하는 부모에게 이런 말을 전하고 싶다. 당신의 그러한 마음이 크면 클수록 아이가 미래에 맞이할 행복지수는 점점 더 떨어질 수 있다고 말이다.

## Bonus Page 요즘 아이는 이렇게 키워야 한다는 편견

아이를 키우는 많은 부모를 만나며 "어머, 지연 엄마! 요즘 애들은 달라. ○○○하게 키워야 해요"라는 말을 참 많이도 들었다. 듣다 보니 공통적인 이야기들이 있었는데 그 내용을 정리해보았다.

- 요즘 아이들은 잘못해도 혼내서 기죽이면 안 된다.
- 요즘 아이들은 기분을 맞춰주며 설득해야 한다.
- 요즘 아이들은 칭찬을 많이 해줘야 한다.
- 요즘 아이들은 자존감을 높여줘야 한다.
- 요즘 아이들은 거짓말해도 큰 사고만 안 치면 그냥 놔둬야 한다.
- 요즘 아이들은 초등학생 때부터 다 화장한다.
- 요즘 아이들은 교복 치마를 짧게 입고 다녀도 공부만 잘하면 된다.
- 요즘 아이들은 곱게 키워야 한다.
- 요즘 아이들은 인터넷과 게임을 못 하게 해서는 안 된다.
- 요즘 아이들은 스마트폰이 있어야 한다.
- 요즘 아이들은 영어를 비롯해서 외국어 조기 교육을 해야 한다.
- 요즘 아이들은 어려서부터 진로를 결정해야 한다.
- 요즘 아이들은 진로에 맞는 스펙을 초등학교 때부터 쌓아야 한다.
- 요즘 아이들은 전 과목 학원은 물론 과외도 시켜야 한다.
- 요즘 아이들은 다른 아이들이 가진 것은 다 사주어야 한다.
- 요즘 아이들은 혼자 알아서 하지 못하니 부모가 다 해줘야 한다.
- 요즘 아이들은 위험할 수 있는 어떤 행동도 시켜서는 안 된다.
- 요즘 아이들은 기성세대와 달리 나이에 비해 어리다.

- 요즘 아이들은 약하다.
- 요즘 아이들은 부모가 다 데리고 다녀야 한다.
- 요즘 아이들은 중2병일 때 무조건 놔둬야 한다.
- 요즘 아이들에게 효심이나 공경을 기대해서는 안 된다.
- 요즘 아이들은 이기적이어도 괜찮다.
- 요즘 아이들은 할아버지의 재력과 아버지의 무관심과 엄마의 정보력으로 성공할 수 있다.
- 요즘 아이들은 다 그래!

나열하다 보니 참 많다. 언제부터 도는 말들인지 모르겠지만, 내용을 곰곰이 살펴보면 기성세대들이 자랄 때 바라던 양육방식이다. 즉 부모들이 자신의 바람을 아이에게 투영하고 있는 것이다. 그러나 우리가 이렇게 곱디곱게만 자랐다면 지금 누리는 다양한 것들을 얻지 못했을 것이다. 현재 주어진 평범한 일상을 감사하게 여기지 않았을 것이고, 한 분야에서 성공해 자존감을 키우지도 못했을 것이다. 편했던 어린 시절을 그리워하며 '가도 가도 힘들다' 하며 주저앉았을지도 모를 일이다. 그렇다면 위에서 부모들이 말하는 양육방식으로 아이를 키우면, 아이는 어떤 미래를 맞이할 것인가? 심각하게 고민해야 할 문제다.

# 2장

# 왕자 공주처럼 키운 아이, 밖에서도 대접받을까?

## 독을 먹고 자라는 요즘 아이들

오래전 어디에선가 '아이가 할 수 있는 일을 대신해주는 것은 아이에게 독을 주는 것과 같다'는 구절을 읽은 적이 있다. 실제로도 그럴까? 결론부터 이야기하면 '매우 그렇다'다.

한 지인이 맞벌이 때문에 아들 둘의 양육을 맡기려고 친정어머니와 잠시 합가해 살았다. 그녀는 평소에 직장생활을 이유로 아이들을 잘 돌보지 못하는 것이 미안해 같이 있는 시간에는 가능한 한 아이들을 관대하게 대했고, 아이들의 태도에 문제가 있다고는 별로 느끼지 못했다. 다른 엄마처럼 늘 같이 있어주지 못하니 그에 대한 보상으로 원하는 것을 다 들어주고 웬만한 잘못은 감싸주는 편이었다.

그러던 어느 날, 초등학교 2학년인 아들이 밥을 먹는데 그 모습이 이상하게 느껴졌다. 아들이 거실 TV 앞에 앉아 외할머니가 식탁에서 밥과 반찬을 날라와 입에 넣어주면 당연한 듯 받아먹고 있었다. 어릴 때부터 늘 그렇게 먹여왔던 터라 자연스레 벌어진 일이었다. 아기였을 때는 몰랐는데 초등학교 2학년이 되자 이 식사 습관이 얼마나 잘못된 것인지 눈에 들어왔고, 이제까지 자기가 아이들을 방치했다는 생각이 뒷머리를 친 것이다.

외할머니가 없을 때는 멀쩡히 식탁에 앉아 밥을 먹다가도 외할머니가 집에 있으면 TV 앞에 앉아 받아먹는 것을 보고 그녀는 결단을 내렸다. 곧장 캐나다 어학연수를 알아봤고 아이 둘만 캐나다로 홈스테이를 보냈다. 친정어머니는 본가로 돌아갔고, 부모도 없이 홈스테이를 하는 동안 아이들은 집에서는 하지 않던 설거지와 정원 관리 등을 하며 2년여를 보낸 후 독립적인 아이들이 되어 돌아왔다.

꼭 외할머니가 키우지 않더라도 이렇게 'spoil' 되는 아이들을 요즘 주변에서 흔히 본다. 누가 처음부터 아이에게 독을 주기 위해서 그리하겠는가? 꼬물꼬물 어린 것이 안쓰럽고 귀여워서, 사랑스러워서 도와주는 거다. '이다음에 크면 다 알아서 잘할 거야'라는 믿음으로 말이다.

지연은 초등학교 5학년 때부터 웬만한 거리는 걷거나 대중교통을 이용하여 혼자 다녔다. 대부분이 학원 버스를 놓쳐 혼자 가게 되거나 친구들과 놀이동산에 놀러 가는 경우였는데, 사전에 버스 노선도와 시간표를 혼자 알아보고 기세등등하게 다니곤 했다.

내가 아이 일정에 맞춰 시간을 내기 어려운 상황이라 그런 것이기도 하지만, 당시 아이는 이미 나보다 덩치도 크고 세상 물정도 알 만큼 아는 나이였다. 일일이 어른과 동행하지 않아도 충분히 할 수 있는 일이었다.

다만 늦은 시간이라거나, 유흥가 주변 등은 사전에 점검하여 피하게 하고, 밝은 낮에도 사람이 많이 다니는 노선인지 점검해주었다. 출발하는 시간과 목적지에 도착하는 시간은 반드시 확인했다. 물론 아무리 철저하게 준비해도 교통사고와 같은 다양한 위험은 막을 수 없다. 하지만 그것은 어른이 있다 해도 어쩔 수 없는 일 아닌가. 대중교통을 이용하는 정도는 사전에 충분히 주의 사항을 알려주고 점검한다면 그리 위험하지 않은 일이다. 그것조차 두렵다면 평생 끼고 살아야 한다.

지연이 고등학교 1학년 때의 일이다. 당시 아이는 동아리와 함께 모의유엔(UN)대회에 참가하게 되었는데, 우리는 데려다줄 상황이 되지 않았다. 아이는 아침에 학교 기숙사에서 나와 혼자 대중교통을 이용하기로 했다. 그런데 대회 전날 외출 신청을 하니 혼자서는 절대 갈 수 없다며 부모님과 동행해야 한다고 학교에서 연락이 왔다. 그러려면 밤 10시가 넘어야 우리가 데려올 수 있었는데 그것마저 여의치 않았다.

담임선생님, 생활담당 선생님과 연거푸 통화한 끝에 모든 책임을 부모가 진다는 다짐을 하고서야 아이를 혼자 내보낼 수 있었다.

그 일로 주변 엄마들에게 "정말 아이를 강하게 키우시나 봐요"라는 소리를 들었다.

어린 시절 나는 30분이 넘게 걸리는 거리를 걸어서 통학하고, 국민학교 3학년 때는 혼자 버스를 타고 1시간이 넘게 걸리는 외할머니댁에 다녔다. 그때가 지금보다 훨씬 더 안전했던 걸까? 지금은 온 거리에 위험이 도사리고 있는 걸까? 과거의 경험 덕분에 나는 직장생활을 하면서 세계 어느 나라든 혼자 출장을 가도 두렵지가 않았다.

물론 세상엔 위험한 일이 참 많다. 특히 경험이 부족한 아이들은 위험 요소를 예측하지 못한다. 그렇다면 어른은 이 위험 요소를 사전에 점검하고, 아이에게 충분히 설명해줘서 피해가도록 지도해주면 될 일이다.

지연이 초등학교 6학년이었을 때의 일이다. 아이가 혼자 라면을 끓여 먹고 싶다길래 가스레인지 사용법을 자세히 알려줬다. 그러고는 직접 끓여보게 했다. 마침 같이 계시던 시어머니의 노심초사하는 눈빛을 등 따갑게 느끼면서 말이다. "다치면 어쩌느냐"고 "직접 해주면 되지. 왜 애를 시키냐" 하는 시어머니를 설득하며 아이에게 시켜봤다.

지연은 과일 껍질을 꼭 깎아서 먹는 아이였기에 혼자 사과를 깎아 먹을 수 있도록 과도 사용 요령을 알려주기도 했다. 칼날은 어느 쪽으로 향해야 하는지, 이때 손은 어디에 있어야 하는지, 또 손의 힘은 어디에 줘야 하는지, 어떤 경우에 베이게 되는지 직접 시범을 보여주며 자세히 알려줬다. 아이는 오히려 신이 나서 조심조심 과일 껍질을 벗겨내더니 자랑스럽게 접시에 놓았다. 그 후로 과일 먹을 일이 있을 때는 울퉁불퉁하더라도 지연에게 일부러 깎게 했다.

위험하다고 사과를 매번 깎아주기보다는 아이가 칼을 잡을 수 있는 나이가 되면 칼질 요령을 자세히 알려주자. 위험한 일은 피하고 안전한 길만 알려주는 것보다 최대한 위험하지 않도록 그 방법을 지도해주는 것이 더 바람직하다. 이렇게 하면 칼질뿐 아니라 세상에서 맞닥뜨릴 수 있는 예측 불가의 다른 어려움도 혼자 도전해 볼 수 있다. 겁내지 않고 말이다.

지연은 무척 겁이 많은 아이였다. 그래서 늘 움츠려 있었다. 하지만 하나씩 직접 도전해봄으로써 그동안 두려워했던 일들이 별것 아니라는 걸 알게 되었다. 충분히 스스로 할 수 있다는 걸 깨달은 것이다.

지연이 다 큰 지금도 생선 가시를 발라주고 고기를 잘라서 얹어주는 시어머니의 마음도 충분히 이해한다. 하지만 아이는 스스로 가시를 발라 먹었을 때 자신을 더 대견해할 것이다. 아이에게 어른으로 성장할 기회를 만들어주는 것이야말로 부모와 어른의 역할이다.

주변을 둘러보면, 요즘 엄마들의 교육 유형을 두 가지로 분류할 수 있다. 아이를 위하는 마음에 온갖 수발을 아이가 원하는 대로 다 들어주는 엄마, 또는 아이의 의사와 상관없이 자신의 주관대로 아이를 끌고 가는 엄마다.

전자의 경우 아이가 천상천하 유아독존으로 크는 경우가 많은데 심하게는 본인 마음에 들지 않으면 부모에게 폭력을 쓰기까지 한다. 이러한 문제가 발생해도 주변에 알려지면 아이에게 해가 될까 봐 쉬쉬한다. 그동안 자신을 위해 헌신해준 부모님을 존경해도 모자랄 판에 자신을 보필하는 시녀쯤으로 여기는 것이다. 이런 아이는 세상을 살아가며 당면하는 작은 불편함도 쉽게 받아들이지 못하는 상황을 반복하다가 결국 실패를 맞이한다.

후자는 부모가 아이를 좀 더 효과적으로 성장시키기 위해서라고 하지만, 결국 아이는 수동적이고 나약한 어른으로 자란다. 모든 과정과 결정을 부모가 주도하니 아이는 스스로 무언가를 계획하고 이뤄본 경험이 적다. 그러면 엄마의 도움 없이 혼자 결정하고 해결하는 게 두려워진다. 실패하더라도 작은 도전을 스스로 해보고, 그 결과를 판단하고, 다시 수정해가야 제대로 발전할 수 있다.

문제는 커서도 누군가 정해주지 않으면 한 발짝 떼는 것도 힘들어한다는 것이다. 두려움은 아이에게만 있는 것이 아니다. 경험하지 않은 것은 누구나 다 두렵다. 그래서 실전에 나서기 전에 경험을 많이 쌓고 주도적으로 자기 관리를 해봐야 한다.

이렇게 비슷한 경험을 반복할 때 스스로 할 수 있다는 자신감을 키울 수 있다. 귀한 자식일수록 왕자와 공주로 키우기보다 무수리처럼 키우라고 조언하고 싶다. 그래야 이 험한 세상의 어떤 상황도 담담히 헤쳐 나갈 수 있다.

얼마 전 지연과 그동안 우리가 겪어온 일들을 책으로 엮을 거라는 이야기를 나누었다. 그러다 옛 기억이 났는지 바나나를 잘라달라고 했던 얘기를 친구들에게 해줬더니 "야, 너 진짜 공주였구나!"라는 소리를 들었단다.

그때를 생각하면 어이가 없다고 말하며 지연이 내 앞에서 웃는다. 내 아이가 이렇게나 철이 들었다.

## 온리원이 아이를 망치고 있다

'아들딸 구별 말고 둘만 낳아 잘 키우자'라는 말을 들어본 적이 있는가? 먹고살기 어려웠던 1970년대 가족 성원수와 출산을 계획적으로 조절하는 '산아제한'을 위해서 새마을운동과 함께 벌였던 전 국가적 캠페인이다.

당시는 가정 살림이 지금보다 훨씬 어려웠지만, 자식을 낳아 기르는 문제에 덜 민감했던 시절이라 형제자매 3~4명은 기본이었다. 통계청 자료에 따르면 1970년대 여성 1명당 출산율이 4.5명이었고 1980년대는 2.9명이었다고 한다. 요즘에는 두 자녀 가정도 찾아보기 어렵고, 대부분 자녀가 하나거나 자식 없이 결혼생활을 하는 딩크족도 흔하다. 아예 결혼하지 않고 자신의 삶을 즐기며 사는 독신 남녀들 또한 심심치 않게 본다. 여직원이 많은 회사를 다닌 탓에 내 주변에도 골드미스가 유난히 많다.

미국 중앙정보국(CIA) 월드팩트북(The World Factbook)에 따르면 한국의 합계출산율은 1.26명으로 분석 대상 세계 224개국 중

219위다(2017년 12월 기준). OECD 회원국으로만 따지면, 우리나라는 전 세계 꼴찌 수준이다. 낮아도 너무 낮다. 그런데 왜 우리는 이리도 자식 낳기를 꺼리는 것일까?

여러 이유가 있겠지만, 대표적으로 꼽을 수 있는 건 과다한 사교육비 문제와 늘어난 여성의 사회 참여, 그에 따른 만혼의 증가, 사회 변화에 발맞추지 못하는 육아 인프라의 부재 등이다. 물론 요즘 젊은 세대들의 결혼관과 가족관이 예전과 많이 달라진 게 가장 큰 이유라 할 수 있다.

과거처럼 맏아들의 성공을 위해 헌신할 여동생도 없고, 경제적인 이유가 아니면 부모님을 당연히 모셔야 한다는 개념은 거의 사라졌다. 개인이 느끼는 진정한 가족의 범위도 매우 좁아지고 있고, 그만큼 귀한 자식을 얻은 요즘 부모들은 하나든 둘이든 자식에게 올인하게 된다. 부모들이 첫 자식을 낳아 키울 때 유난히 힘들어하고 조심스러워하는 건 예나 지금이나 똑같다. 아기가 조금만 이상해도 응급실로 뛰어가고, 조금만 들썩해도 안아 일으킨다. 육아 경험이 없으니 모든 상황이 낯설어서다. 하지만 둘째를 낳으면 상황이 달라진다. 첫아이 때 겪었으니 웬만한 돌발 상황은 대수롭지 않게 대처하는 여유가 생긴다.

얼마 전 TV 프로그램에서 12남매를 낳아 키우는 가족의 이야기를 본 적이 있다. 상황이 그러니 그 집에서는 부모가 아이들을 돌봐준다기보다 언니와 오빠들이 동생들을 보살피고, 아이들끼리 알아서 자라고 있었다. 식사 준비로 큰 밥솥에다 고추장과 김치를 넣고, 주걱으로 쓱쓱 비벼 숟가락을 수북이 꽂은 다음, 방바닥에 내려놓고 부랴부랴 외출하는 부부의 모습에 신선한 충격을 받았다. 아이 낳고 키우는 방식이 요즘의 일반적인 부모들과는 분명 달라 보였다.

당신도 이 모습이 이상해 보이는가? 오히려 나는 아이를 키우는 과정에서 조금은 덤덤한 마음을 가지라고 제안하고 싶다. 첫아이를 낳으면 모든 신경을 곤두세우고 아이를 돌보게 된다. 하지만 갓난아이 때부터 너무 쉽게 안아주고 얼러주는 버릇을 들이면 참을성이 부족하고, 쉬이 고집을 제어할 수 없는 아이로 자라고 만다. 그래서일까. 요즘 육아법 책을 뒤적거려 보면, 아이가 울 때 몇 초를 센 다음 아는 척하라고 조언하기도 한다. 아이가 가짜로 울 때는 일단 그대로 두고 지켜보는 것이 더 낫다고도 한다. 옛 어른들이 하시던 '애 손 타면 안 된다'라는 말씀과 다를 게 없다.

하지만 그 귀하고 약한 아기를 그대로 두고 볼 부모가 실제 얼마나 될까? 더군다나 요즘 가정은 대부분 아이가 하나라 아이를 중심으로 집안이 돌아가지 않는가.

지인 중 한 부부는 출산 직후부터 아이를 돌보기 위해 각방을 쓰고, 아이가 조금 자라자 안방을 공부방으로 꾸며줬다. 아빠는 현관 옆방에서 혼자 지내고 말이다. 물론 모든 생활이 새로 태어난 아이를 중심으로 돌아가는 건 당연한 일이다. 혼자서 무엇을 할 수 있을 때까지는 의당 아이를 배려하고 보살펴야 한다. 하지만 가족의 역할에 대한 가치관이 헷갈릴 정도로 아이를 배려하는 것은 아이에게 도움보다는 독이 될 수 있다.

우선 아이가 자신을 집안의 중심이라고 생각하게 만드는 것 자체가 매우 위험한 현상이다. 이 현상을 한마디로 말하면 '아이가 왕'이 되는 것인데, 성장한 후 사회의 복잡한 구조 속으로 들어가면 본인이 원하는 대로 되지 않는 경우가 허다하다. 자기가 왕인 줄 알고 자란 아이들은 그런 상황을 견뎌내지 못한다. 적응하는 것에 어려움을 느끼고, 제자리를 찾지 못하면서 무엇하나 제 마음대로 되는 것이 없다고 생각한다.

아이일 때만이라도 왕으로 키우고 싶은 마음은 충분히 이해한다. 하지만 평생 왕처럼 살게 할 자신이 있는가? 그럴 수 없다면, 평범한 삶을 배우고 감당하게 해야 한다. 자신이 왕인 줄 알고 컸는데 크고 보니 평민이라 마음대로 할 수 없다는 걸 알게 되면 그때 더 불행하다 느끼지 않을까?

과거에는 오냐 오냐 키운 귀한 외아들이나 장남이 성장 후에 주변머리가 없어 사회에 적응하지 못하고, 자기 중심적인 태도 때문에 가족과 주변에 불화를 일으키는 경우가 제법 있었다. 가만 보면 바로 이 '장남 증후군'이 요즘은 일반적으로 확대되고 있는지도 모른다.

더구나 형제가 없어 혼자인 아이들은 부모가 놀이 동무도 해줘야 한다. 아이가 혼자 노는 데는 한계가 있기 때문이다. 형제자매가 있는 아이들은 자연히 놀이를 함께하게 되고, 그만큼 부모가 아이에게 덜 집중해도 되니 자기 일도 볼 수 있다. 그 과정에서 아이들은 자신의 눈높이에서 놀 수 있어 훨씬 더 즐거워한다.

형제가 있으면 또 무엇이 다를까. 아이들은 부모의 사랑을 나눠 받는 것에 익숙해진다. 무언가를 나누고 양보하는 것을 본능적으로 배운다는 뜻이다. '천상천하 유아독존'이 불가능함을, 자신이 세상의 왕이 아님을 알게 된다. 아이들끼리 서로 덜 갖고, 더 가지며 자연스레 결핍을 경험하고 욕심을 부리는 동기를 갖기도 한다. 어느 지인은 오 남매 중 넷째였는데, 어린 시절 막냇동생이 과일이나 간식을 먹는 것에 그렇게 욕심을 부렸다고 한다. 어릴 때를 기억하면 주머니에 몰래 사과를 집어넣고도 양손에 사과를 잡고 허겁지겁 먹던 어린 남동생의 모습이 생각난다고 했다. 그는 자신의 적극적인 성격이 그 환경 덕이라 말하며, 세상을 능동적으로 살아가는 데 원동력이 되었다고 회고했다.

2011년 영국 케임브리지 대학교의 클레어 휴스(Clare Hughes) 교수는 연구팀과 함께 140가구의 2세 어린이 성장 과정을 5년간 관찰한 결과 아이들은 형제자매와 일련의 상호작용을 하면서 사회적인 이해력이 증진된다는 것을 밝혀냈다. 우리가 상식처럼 알고 있던 것이 과학적으로도 증명된 것이다. 경험상으로 봐도 형제가 있는 아이들은 서로 부대끼며 사회에서 맞닥뜨릴 상황과 감정을 미리 경험한다. 덕분에 학교나 사회에 나가서도 가족이 아닌 타인과 훨씬 수월하게 소통하고 적응한다.

지연도 혼자 자랐다. 앞서 이야기한 대로 과보호를 받으며 공주처럼 자랐다. 혼자서는 놀잇감을 찾는 것이 어려웠기에 많은 시간 TV를 보거나 게임을 했다. 그러다 보니 사람과 마주하는 것을 부끄러워하고 귀찮아했고 소극적인 아이, 배려심이 부족한 아이처럼 보였다. 결국 내가 붙어서 '아이 개조 프로젝트'를 한 끝에 아이는 변화했지만, 그렇게 하면서도 아쉬움이 있었다. 옆에 형제자매가 있었다면, 이렇게 서로 힘들어하지 않아도 됐을 텐데 하는.

어른이 아무리 좋게 이야기해줘도 아이에겐 잔소리처럼 들리거나 너무 어렵게 느껴져서 이해하지 못하는 경우가 많다. 그래서 또래 동무가 필요한 것이다. 학원에 가지 않아도 하루 중 상당 시간을 함께 소통하고 놀 수 있는 동무 말이다. 그런 의미에서 형제는 부모가 줄 수 있는 최고의 선물이자 상호작용의 대상이다.

얼마 전까지 KBS 〈슈퍼맨이 돌아왔다〉라는 프로그램에 삼둥이가 등장해 많은 사랑을 받았다. 부모에게는 동시에 다둥이가 생긴 것이 분명 힘겨운 일이겠지만, 그 아이들에게는 그보다 더한 축복이 없으리라. 부모의 도움 없이 셋이서 원칙을 정하고, 다툼을 해결해가며, 양보와 도리를 깨달아가는 모습을 보며 '그래, 이래서 형제가 필요한 거야' 하고 형제의 필요성을 절실히 느꼈다.

적게는 쌍둥이처럼 몇 분, 많게는 몇 살씩 차이가 나는 형제자매를 보면 분명 혼자 크는 또래 아이들과는 다른 성숙함이 있다. 손윗형제의 행동을 따라 하며 배우고, 그 속에서 잘잘못을 깨달은 덕분이다.

나는 삼 남매 중 첫째였다. 첫째 동생과 여섯 살, 막냇동생과는 여덟 살 차이였으니 외동딸로 6년을 보냈다. 나 역시 응석받이였으나 동생들이 생기자 그들을 돌보고 양보하는 것이 자연스레 몸에 배었다. 국민학생 때도 동생들을 챙기느라 큰누나 노릇을 톡톡히 했으니 그 둘 덕분에 내가 훨씬 더 성숙해졌다고 확신한다.

중국은 1982년부터 34년간 '1가구 1자녀 정책'을 강력히 유지했었다. 그러다 그것에서 기인한 여러 가지 사회·경제적 문제를 접한 뒤, 최근 '1가구 2자녀 허용'으로 정책을 바꿨다. 물론 경제적인 측면을 가장 크게 고려한 것이지만, 그 이면에는 지난 34년간 배출된 자칭 '소황제(小皇帝)'들의 이기적인 성향과 자기 중심적 사고에서 비롯한 도덕적 문제를 중국 사회가 부담스럽게 여겨서이기도 하다.

중국에서도 자식을 하나만 낳아 기르면서 아이에게 과하게 집중하는 바람에 우리와 같은 상황에 직면했다. 자기가 중심이 되어야 직성이 풀리는 사람이 계속해서 만들어지는 아찔한 상황 말이다. 그러고 보면 이러한 성향은 민족성이나 부의 정도와 상관없는 본능적인 심리가 아닌가 싶다.

요즘같이 경제적으로 어렵고, 한정된 돈으로 하나 키우기도 힘든 시대에 형제자매가 필요하단 말이 사치처럼 들릴 수 있다. 하지만 돈 들여 놀이 학원에 보내는 것보다, 비싼 과외 시키며 교육하는 것보다, 형제가 있어 배워가는 사회성이야말로 아이에게 줄 수 있는 값진 재산, 훌륭한 교육이 아닐까.

나는 늦게 결혼하여 각고의 노력을 기울였음에도 아이를 갖지 못했다. 출산이 가능했다면 사실 둘 이상 낳고 싶었다. 역설적으로 들릴 수 있겠지만, 아이를 키우는 시간과 아이가 성인이 되어 맞이할 기나긴 시간을 생각해볼 때 외동보다는 둘 이상이 수월하고 효율적이라 생각했기 때문이다. 무엇보다 든든한 평생 동료를 만들어주는 것 아닌가? 간혹 형제가 원수가 되는 일도 있지만 말이다.

## 중2병, 사춘기는 벼슬이 아니다

"사춘기라 그런가 봐요!" 지연이 중학교 2학년이던 어느 날, 평소 해야 할 일을 안 하고 게으름을 피우길래 "너 요즘 왜 그래?"라고 물었더니 대뜸 이렇게 말을 던졌다. 어이가 없어 쳐다보니 아이가 찔끔하며 고개를 돌렸다.

"왜 사춘기 핑계를 대는 거니? 이게 사춘기랑 무슨 상관이 있다는 거야? 본인이 게을러서 안 한 일을 가지고 사춘기 때문이라고? 앞으로 사춘기의 '사' 자만 꺼내봐!"

나는 지연이 초등학교 때부터 일정 시점에 이르면 몸과 마음에 자신도 모르는 변화가 올 것이며, 그때가 오면 서로 힘들 수 있다는 사춘기 이야기를 종종 해줬다. 아이는 그 이야기를 이용하자고 생각한 모양이었다.

"내가 그동안 말해줬던 사춘기는 게으름 따위에 핑계로 쓰는 그런 게 아니야. 만약 그런 의미라면 네 사춘기는 오늘로 끝이야!"

그 후로 지연은 다른 아이들처럼 사춘기 티를 심하게 내지 못했다. 물론 어릴 때와는 다르게 자기 주장이 더 강해지거나 외모에 지나치게 신경 쓰긴 했지만, 사춘기니 건드리지 말라는 식의 태도를 보이지는 않았다.

'중2병'이 등장한 지 얼마 지나지 않았는데 벌써 '초4병'이라는 말이 등장했다. 이뿐만인가. '중2가 무서워 북한이 못 쳐들어온다', '언제 터질지 모르는 폭탄' 등 요즘 사회에서는 사춘기에 관해 과장하여 언급하는 경향이 있다. 그러다 보니 오히려 아이들이 이를 이용하는 상황이다.

'중2병'이란 말 아래 중학생들은 자신들의 일탈을 너무도 당당하게 정당화한다. 도덕적으로나 사회 규범상 문제가 있는 행동들도 사춘기라는 미명 아래 서슴없이 한다. 주위에서 부모들이나 선생님들이 웬만하면 봐주는 분위기도 한몫하는 중이다.

최근에는 이런 상황을 바탕으로 한 TV 광고도 등장했다. 중고등 학생쯤 돼 보이는 아이를 학원에서 데려온 부모가 계속 눈치를 보며 뒤따라간다. 아이는 상전처럼 툴툴거리며 저만치 앞서가고 말이다. 벼슬이라도 한 듯한 그 아이의 태도에 난 그만 채널을 돌리고 말았다.

혼란의 시기인 사춘기에 올바른 가치관을 가르쳐주지 않고 잘못된 행동을 그저 봐주기만 한다면 과연 아이들이 스스로 바른 길을 찾아갈 수 있을까?

만약 지연이 사춘기를 핑계로 자기 잘못을 넘어가려 했을 때 나도 아이의 눈치를 보며 눈감아줬다면, 아이는 그다음에 어떤 행동을 했을까?

부모가 이런 아이들의 태도를 봐주는 건 잘못을 지적했을 때 아이의 자존감이 떨어진다거나 반발심에 혹시라도 엇나갈까 봐 두려워서다. 하지만 어릴 때부터 부모와 아이가 속 깊은 대화를 꾸준히 했다면 이러한 시기가 오더라도 얼마든지 대화를 통해 현명하게 해결할 수 있다. 문제는 많은 부모가 사춘기가 되어서도 계속해서 어린아이처럼 취급하거나 이전에는 하지 않던 잔소리를 하게 되면서 아이와 단절된다는 것이다.

대부분의 부모는 아이가 초등학교를 졸업할 때까지는 '중학생이 되면 알아서 하겠지'라는 생각으로 게임을 많이 한다거나 부모에게 함부로 말하는 것을 그냥 두곤 한다. 그런데 세상에 저절로 되는 일이 어디 있던가? 중학생이 되어서도 아이가 달라지지 않으니 부모는 걱정되고 "너 이제 중학생이나 되었는데 아직도 이러면 안 된다", "너 나중에 대학에 어떻게 갈래? 공부를 더 해야지", "어른한테 예의 있게 대해라"라고 말하며 훈육에 박차를 가한다. 앞으로 아이가 겪을 고등학교 생활과 대학 진학 과정이 걱정이 돼서 조바심이 나기 때문이다.

하지만 여태껏 왕자와 공주로 자란 아이들은 혼란스럽기만 하다. 호르몬의 변화로 바뀐 자신의 겉모습과 정체성을 고민하느라 힘든데 부모의 달라진 태도는 더욱 받아들이기 힘들다. 그래서 사춘기 이전부터 준비가 필요하다는 것이다.

"네가 중학생 정도 되면 사춘기라는 변화의 시기가 올 거야. 신체 변화도 생기고 괜히 심술이 날 수도 있어. 너는 다 큰 거 같고 다 아는 것 같아서 어른들의 이야기가 듣기 싫겠지만, 사실은 몸만 큰 거지 네가 알아야 할 게 아주 많은 때란다. 그래서 문제가 되는 거지. 누구에게나 오는 과정이지만 어떻게 지나가느냐에 따라 네 미래에 커다란 영향을 줄 거야. 좋지 않은 습관을 그때 가서 바꾸려면 서로가 힘드니 지금부터 고쳐나가야 해."

나는 지연이 5학년 때부터 위와 같은 말을 여러 번 해주었다. 그러고는 집에서도 시간을 정해서 책상 앞에 앉게 하고, 책 읽는 습관을 들였다. 한마디로 '엉덩이를 무겁게' 하는 버릇을 들인 것이다.

또 한 가지 신경 쓴 것은 일정관리였다. 스케줄러를 준비해 아이에게 일간·주간 일정을 직접 짜게 하고, 매일 체크하며 결과를 관리하도록 했다. 습관으로 배게 하려고 한 것이다. 아이가 자율적으로 관리하는 것이니 내용에는 관여하지 않았고, 빠뜨리지 않는지만 확인했다. 그 스케줄러를 바탕으로 용돈 점수표를 작성해 주간별로 관리해줬다.

무엇보다 하고 싶은 일과 해야 할 일 중에서 해야 할 일에 우선순위를 두는 습관을 기르는 데 집중했다. 사춘기가 오기 전에 고쳐줘야 한다고 생각해서다. 아이 스스로 목표를 세우고 해야 할 일을 먼저 하도록 지도하는 것은 생각보다 쉽지 않은 일이다. 어린 시절에 하고 싶은 것만 하고 자란 아이는 더욱 그렇다.

아이의 장래 목표가 공부든 운동이든 예술이든 초등학교 고학년이 습관을 들이는 마지노선이라 생각해야 한다. 이때 인내심을 키워서 해야 할 일을 위해 노력하는 습관을 들이지 않으면 그 이후부터는 더 많은 노력과 시간을 들여도 쉽지가 않다. 운동이나 예술을 목표로 하는 아이들이 이 시기 이전부터 필수 훈련을 시작하는 것처럼, 공부 시킬 아이라면 책 읽는 습관과 책상 앞에 앉아 있는 끈기를 기르게 해야 한다.

사실 나도 아이에게 사춘기가 오는 게 두려웠다. 내 주위에는 아이가 사춘기 때 심하게 반항을 해서 골프채로 때려줬다는 친구도 있었고, 또 어떤 친구는 말을 끊고 방으로 들어가버리는 아이의 등 뒤로 포크를 던져 문에 꽂았다는 이야기도 했다. 하지만 나는 팔쥐 엄마니까 그렇게 할 수는 없었다.

만약에 사춘기라는 이유로 아이와 불편한 관계가 되면 그것도 오롯이 내가 감당할 몫이니 부담스러웠다. 그래서 미리 무장하고 준비한 것이다. 초등학교부터 아이에게 사전 설명을 해서 전쟁과 같은 사춘기의 충격을 완화하려고 노력했다. 그래도 정말 가끔은 “아이고, 저게 내 새끼였으면 죽었다!”라고 중얼거린 기억이 여러 번 있었다고 고백한다.

한 가지 덧붙이면 지연이 초등학교 6학년 때부터는 존댓말을 쓰게 했다. 처음에는 나도 어색하고, 아이가 너무 멀게 느껴져서 과연 성공할 수 있을까 고민했었는데 하루 이틀 지나자 금방 익숙해졌다. 존댓말을 쓰게 한 건 아이가 어른에게 반말하는 것을 그냥 뒀더니 어른을 자기와 동등한 존재라고 생각하고, 심지어 할머니를 함부로 대하는 모습이 보여서였다. 이러한 상태로 사춘기를 맞으면 훈육이 더 어려워지겠다는 생각이 들어서 존댓말을 쓰게 했는데 생각보다 효과가 좋았다.

아이가 어른에게 반말을 쓰고 있다면, 지금이라도 존댓말 교육을 해보라고 권하고 싶다. 힘들 것 같겠지만, 예상외로 하루 이틀 어색함만 견디면 된다. 아이에게는 자신의 잘잘못을 지적해줄 엄한 어른이 필요하다. 그러나 반말로 대화하다 보면 부모와 자신이 동등하다 생각하고, 심지어 하대해도 된다고 생각해서 충고를 해도 쉽게 무시해버린다. 한 지인도 아이가 중학생이 될 때까지 반말을 쓰게 뒀더니 자신과 의견이 조금만 달라도 오히려 어른에게 큰소리로 야단치듯 말해서 고민이란다. 말만 들어도 눈살이 절로 찌푸려진다.

요즘 부모와 아이들의 대화만 들어보면 친구나 동료 같다. 부모도 아이를 훈육할 때 "너 왜 그래?", "누가 이러라고 했어!", "하지 말라고 했잖아!"처럼 신경질을 내면서 잘못을 지적하는 방식을 쓴다. 차분하게 무엇을 잘못했는지 객관적으로 설명해주거나 사유를 들어주는 과정도 없이 야단을 쳐서 입을 막아버린다. 훈육은 감정을 빼고 논리적으로 해야 하는데, 이는 서로 대화가 통해야 가능하다. 이런 훈육을 하려면 아이가 어릴 때부터 부모도 연습해야 한다. 존댓말을 사용하면 서로 감정을 누르고 이야기하는 게 조금 더 수월해진다.

존댓말을 쓰고 싶지 않다면 무슨 상황이든 감정을 빼고 상담하듯이 아이와 대화하는 습관이라도 들여보자. 부모가 아니라 마치 '인생의 코치' 같은 느낌으로 냉정하고 차분하게 아이에게 다가가보자. 아이도 가끔 정색하는 부모를 만날 필요가 있다.

참고로 사춘기는 중학교 2학년 때만 오는 것이 아니다. 아이마다 신체 발달 시기가 다르고 주변 친구들의 영향도 있어서 초등학교 고학년부터 심지어 대학생까지 다양한 시기에 사춘기를 경험한다. 오히려 요즘은 사회에서 하도 '중2병'을 강조하니, 시기가 아직 안 된 아이들조차 부화뇌동하여 일탈 행동을 정당화한다. 이러한 현상은 '요즘 애들, 요즘 애들' 하며 아이들을 뭔가 특별한 존재처럼 구분하려는 '요즘 부모들'의 태도 때문에 심각해졌다고 해도 과언이 아니다.

사춘기는 벼슬이 아니다. 아이에서 어른이 되어가는 변화의 시기이자 아이도 부모도 겪어보지 못한 혼란의 시기다. 중요한 것은 이 시기에 어른이 되어서도 변하지 않는 가치관이 성립되고, 뇌의 성장이 완성된다는 것이다. 이때 아이에게 해줘야 하는 것은 상전처럼 떠받드는 게 아니라 올바른 것이 무엇인지 분명히 알려주는 것이다. 절대로 지나가기만 바라며 방관해서는 안 된다.

그렇다면 구체적으로 어떻게 해야 할까? 부모는 아이를 면밀히 관찰하여 변화가 시작되는 시기를 잘 파악해야 한다. 아이의 눈높이에서 적절한 대화를 하는 것도 중요한데 이때 장난스럽게 말을 건네거나 이를 피한다며 호통치고, 일방적으로 지시를 내려서는 안 된다. 대화를 통해 받아들일 건 받아들이고 단호해야 할 부분은 의견을 분명히 설명해 서로 선을 정할 필요가 있다.

사춘기를 두려워하거나 유난스럽게 받아들이지 말자. 누구나 경험하는 시기고, 오히려 부모가 어떻게 대처하느냐에 따라 아이에게는 자아를 찾아나가는 즐거운 여정이 될 수 있다. 다만 어느 정도의 준비는 필요하다. 평상시 풀어놓았던 아이를 중학생이 되었다는 이유로 다그치지 말고, 초등학교부터 학년이 올라갈 때마다 서서히 태도의 변화를 줘야 한다. 그렇게 해야 아이도 급변한 상황과 부모의 태도에 당황하지 않는다.

부모 또한 덤덤히 바라보아도 될 일을 너무 확대 해석하고 있는 건 아닌지 점검이 필요하다. 중요한 시기를 놓치지 않는 것. 바로 그게 사춘기 아이를 둔 부모의 역할이다.

누군가 이렇게 말하지 않았는가. '나도 부모 되는 게 처음'이라고.

## 호의를 권리로 착각하면 벌어지는 일

영화 〈부당거래〉에서는 "호의가 계속되면 그게 권리인 줄 알아!"라는 명대사가 나온다.

분명 부모는 자식을 위해 헌신하고, 조금이라도 더 잘되라고 애쓰며 키우는데 정작 아이는 그것을 당연하다 여기고, 그 배려가 부족하다고 느끼며, 오히려 불만을 품고 엇나가는 경우를 목격하곤 한다. 이러려고 부모가 그 고생을 한 게 아닌데 말이다.

어린아이가 넘어지면 부모는 하던 일을 멈추고 얼른 달려가 일으켜준다. 다친 데는 없는지 호들갑을 떨며 살피고, 심지어 땅바닥에 '때찌'까지 해준다. 아이가 잘못해서 넘어진 것인데 말이다.

그러나 일으켜 세워주는 건 스스로 일어설 기회를 빼앗는 것이다. 힘들더라도 스스로 극복하는 것을 반복해낼 때 자신감이 생기고, 자존감이 높아진다. 아이를 배려한답시고 매사에 도움을 주면 아이는 'spoil' 되고 부모의 도움을 당연하게 여긴다. 나아가서 부모 이외의 사람에게도 똑같이 배려받길 원하고, 그것을 마땅하다 생각한다. 그러다 세상에 나가 자신이 원하는 대로만 살아갈 수 없음을 실감하면, 오히려 적응하지 못하고 좌절하고 마는 것이다. 아이를 평생 주저앉아 울기만 하게 만들 것인가!

얼마 전 집 근처 공원에 갔다가 산책하는 가족을 가까이서 보게 되었다. 아이 중 한 명이 아파트 쪽을 바라보며 "엄마, 우리 집이 저긴가?"라고 묻자 엄마는 "너희 집이 어디 있어? 지금은 엄마 아빠 집에 얹혀사는 거야!"라고 대답했다. 내 가슴이 다 철렁했다. '아니, 저 엄마도 팔쥐 엄마인가? 팔쥐 엄마만 저런 소릴 하는 줄 알았더니…….'

사실 우리 부부는 지연에게 늘 "대학교를 졸업하고 성인이 되면 반드시 독립해서 네 삶을 책임지고 꾸려야 한다"고 세뇌한다. 성인이 되면 부모는 어떤 도움도 주지 않을 것이니 당연히 혼자서 세상을 열심히 살아가야 한다는 이야기다. 상속도 안 할 거니까 기댈 생각은 하지 말라고 강조한다.

요즘 엄마들은 자식이 다 커서 시집 장가를 가도 아파트는 사줘야 한다느니, 결혼식 비용을 대기 위해 대출을 받아야 한다느니, 심지어 생활비도 보태줘야 한다고 고민한다. "어휴 몰라서 그래! 애들이 번 돈으로는 자기네 살기도 바쁠 텐데 언제 집 장만을 하겠어!"라면서 말이다. 자식들은 그것을 응당 받아야 할 것이라 여길 뿐 아니라 오히려 부족하면 불만을 표시한다.

언젠가 TV에서 서른이 다 된 자식이 나빠진 부모와의 관계를 개선하기 위해 방송에 나온 적이 있었다. 직업이 없던 그는 당연히 부모와 함께 살았는데 자신에게 용돈을 충분히 주지 않는다며 오히려 부모를 원망했다. 프로그램 내내 한심스러웠지만, 가관은 기자가 부모에게 할 말이 있느냐고 물었을 때 그가 했던 대답이었다. 카드 대금이 나왔으니 대신 갚아달란다. 이게 실화라니, 믿기지가 않았다.

언제까지나 부모가 모든 것을 지원해줄 수 없다. 자신이 성인이 될 때까지 잘 키워줬다면, 그다음은 독립하여 부모가 자신들의 노후를 살필 수 있도록 해야 하는 거 아닐까? 생활비를 보태주지 않는다고, 재산을 충분히 상속해주지 않았다고 부모와 의절하거나 패륜을 저지르기도 하는 무서운 시대가 된 건 무엇 때문일까? 어린 시절 자신이 겪은 가난과 고생을 대물림해주지 않기 위해서 내 자식만큼은 기죽이지 않고 키우겠다는 일념으로 최대한의 호의를 베푼 것뿐인데 보답이 이러한 원망이라니……. 누구를 위한 헌신이었단 말인가?

중국에는 '4.2.1가정'이라는 말이 있다. 조부모 세대 4명, 부모세대 2명, 그리고 내 세대는 1명이라는 말이다. 1가구 1자녀 낳기 정책의 결과다. 그러다 보니 가난으로 힘겨운 시절을 지나온 조부모와 부모 세대는 자신들이 겪었던 가난과 고통을 후대에 물려주고 싶지 않아 한다. 그렇게 지난 34년간 태어난 외동아이들은 부유하든 가난하든 금지옥엽 귀하게 키워졌다. 그런데 이 1가구 1자녀 정책의 부작용이 지금 중국 사회를 위협하고 있다. 아이가 버릇없고 이기적인 건 애교 수준이다. 부작용의 범위와 그 규모가 광대해 어디로 전이됐는지 알 수 없는 암세포처럼 곳곳에서 발견되고 있다.

지난 2015년 중국 언론에서는 후베이성(湖北省) 우한(武汉)의 한 가정 이야기를 크게 다뤘다. 기사에 따르면 이 가정의 엄마는 두 자녀 정책 허용 후 1년 만에 어렵게 임신에 성공했으나 첫째 딸이 동생을 거부하며 문제가 발생했다. 부모의 과보호 속에서 '소황제'로 자란 딸은 동생을 낳으면 "자살하겠다"라며 부모를 협박했고, 무단결석에 고등학교 입학시험까지 치르지 않자 엄마는 결국 둘째를 포기했다. 이뿐만인가. 모두 소황제로 자랐으니 인민해방군도 전력에 비상이 걸렸다. 훈련 중에 눈물을 보이는 건 다반사고 단체생활에 어려움을 느끼고 명령에 복종하는 것을 힘들어해 대참사로 이어지는 안전사고가 잇달아 터지고 있다. 경제면에서도 대졸자가 급격히 늘어나면서 제조업으로 노동력 유입이 전혀 안 되고 있다고 소리를 높인다. 아이를 잘못 키웠다가 나라가 무너지고 있는 꼴이다.

우리나라 역시 조부모 세대는 전쟁 이후 처절한 가난과 고난 속에 고통받고, 부모 세대는 산업화 속에서 고군분투하며, 가난을 대물림하지 않기 위해 모든 걸 희생하며 살아왔다. 기존 세대 덕분에 우리는 과거 어떤 세대도 경험해보지 못한 부유한 시대를 살아가고 있다.

요즘 젊은 세대들은 먹고살기에 연연하지 않고 자신의 이상이나 행복에 충실한 삶을 살길 희망한다. 미래를 걱정하고 앞서서 준비하기보다는 현재의 편리함과 행복이 우선이다. 대표적으로 욜로(You Only Live Once)족이라는 부류가 있는데, 현재의 행복 추구를 중시하는 사람들을 가리킨다.

워낙 미래가 불투명하니 그러고자 하는 마음은 이해가 가지만, 근저에는 지금의 시대가 되기까지 희생한 기성세대에 대한 감사보다는 현재 내가 누리는 것이 당연하다고 여기는 자기 중심적인 사고가 만연해 있는 건 아닌지 의구심이 든다.

부모라면 물론 자식이 성인이 될 때까지는 능력이 닿는 한 지원해줘야겠지만, 성장한 후에는 스스로 일어설 수 있도록 정신적 무장을 시켜주는 게 병행되어야 한다. 예컨대 시험 공부를 같이 앉아 하기보다 해야 할 동기를 스스로 깨닫게 하고, 그다음은 아이가 알아서 노력하게 하는 것이다. 이것이 자식에게 물려줄 수 있는 가장 위대한 유산이 아닐까.

옛말에 '3대 가는 부자 없다'는 말이 있다. 첫 세대는 가난을 물려받은 후 자수성가하여 부를 축적한다. 두 번째 세대는 그 부를 이루는 과정을 어깨너머로 보면서 자라 그 부를 유지하고 누리며 산다. 하지만 태어나면서부터 여유로웠던 세 번째 세대는 어려서부터 누린 부를 당연하게 여겨 방탕하게 살다가 망한다. 이렇게 스스로 이루지 않은 것은 그 가치가 희석돼버리고 만다.

어린 시절 너무 편하고 좋은 생활만 하게 하지 말고 작은 실패와 좌절을 경험하게 하자. 그래야 이다음에 어떤 돌발 상황을 만나더라도 의연히 헤쳐나갈 수 있는 강한 아이로 자라날 수 있다. 하지만 많은 부모가 당장 눈앞의 쉬운 일들을 도와줌으로써 아이의 발전 기회를 빼앗는다. 차마 아이를 고생시키고 싶지 않아서 도와준다고 생각하겠지만, 결국 아이를 망치고 있는 것이다.

내가 아는 A 씨와 B 씨가 공교롭게도 비슷한 시기에 암에 걸렸다. 그중 A 씨는 수술로 암을 제거하고 예방 차원으로 항암치료를 받게 되었으나 B 씨는 수술이 어려울 정도로 상태가 나빴다. 상황은 B 씨가 훨씬 안 좋았지만, 치료 과정은 예상과 달랐다. 어려서부터 부모의 도움으로 곱게 자란 A 씨는 공황장애까지 겪으며 힘겨운 투병생활을 했다. 그러나 어려운 형편에도 독립적으로 자란 B 씨는 치료 과정이 더 고통스러웠는데도 하던 일을 병행하며 치료를 받았다. 이 둘의 사례를 보며 생각했다. 어느 것이 옳다고 말할 수 없지만, 살면서 언제 어떻게 겪을지 모르는 어려움을 피해갈 수 없다면 의연히 헤쳐나갈 수 있는 강인함을 키워주는 것이 더 나은 교육 방법이라는 것이다.

난 지연이 어른이 되면 겪게 될 어려움에 대해서 내가 했던 경험을 토대로 여러 이야기를 해줬다.

아르바이트하고 장학금을 타서 겨우 대학을 졸업했지만, 막상 직장생활을 시작하니 그보다 더 어려운 일들이 많았다. 사회 초년 시절 출장을 같이 가기로 했던 대표에게 사정이 생겨 커다란 트렁크 2~3개에 샘플을 가득 담아 혼자서 외국 출장을 간 적도 있었다. 그때 수많은 외국인 바이어 앞에서 프레젠테이션을 한 뒤, 영화에서만 보던 칵테일파티를 용감히 해내고 돌아와서 몸살을 끙끙 앓았다는 이야기도 해줬다. 그뿐만인가. 공장에 불이 나서 당시 생산 중이던 상품을 모두 재생산하느라 손실을 감수하고 전 직원이 몇 달을 고생했던 일, 업무보다 더 힘들었던 회사 동료 관계도 이야기해줬다.

그러나 예상치 못한 사고 또한 문제를 파악하고 해결하는 과정을 통해 어떤 파도가 와도 넘을 수 있다는 자신감을 만들어주었노라는 말도 해줬다. 내가 강조한 것은 어려움을 스스로 극복해나가야 한다는 점이었다. 지금은 조금 버겁게 느껴지는 일도 혼자 해결해나가는 것이 결국에는 너에게도 이득이라고 말이다.

이런 이야기를 해줄 때면 아이는 눈을 동그랗게 뜨고 내 얘기를 듣곤 했다. 어느 날부터 지연은 나처럼 무역 회사에 들어가 성공하는 사회인이 되고 싶다는 꿈을 꾸기 시작했다.

또 하나 강조했던 건 세상에는 공짜가 없다는 사실이다. 그러한 이유로 그냥 줄 용돈도 벌어서 쓰게 했다. 집안일도 부모가 무조건 공짜로 해주는 것이 아니라는 개념을 심어주기 위해 가족 식사 후 설거지는 아이가 하도록 습관을 들였다. 물론 아이가 그릇을 씻을 동안 난 부엌을 떠나지 않고 나머지 뒷정리를 함께했다. 나는 팔쥐 엄마니까.

아이가 할 수 있는 일은 스스로 하게 유도하고 과정을 지켜보자. 그리고 잘했든 못했든 혼자 해낸 그 과정을 칭찬해주고 더 잘할 방법을 가르쳐주자. 아주 작은 일부터 오늘 당장 시작해보자.

어려울 게 없다. 한참을 놀고 난 뒤, 장난감을 온 사방에 어지르고 일어나는 아이에게 "이제 다 놀았니? 그럼 이 장난감들을 원래 있던 곳으로 다시 옮겨서 치워볼까? 우리 지연이 이런 일을 할 수 있을까?"라고 해보자. 아이는 금방 전의에 불타 주섬주섬 어질러 놓은 장난감을 치울 것이다. 그때 이야기해주자.

"우와! 우리 지연이 진짜 잘했다! 이걸 다 치울 수 있다니! 정말 많이 컸는걸!"

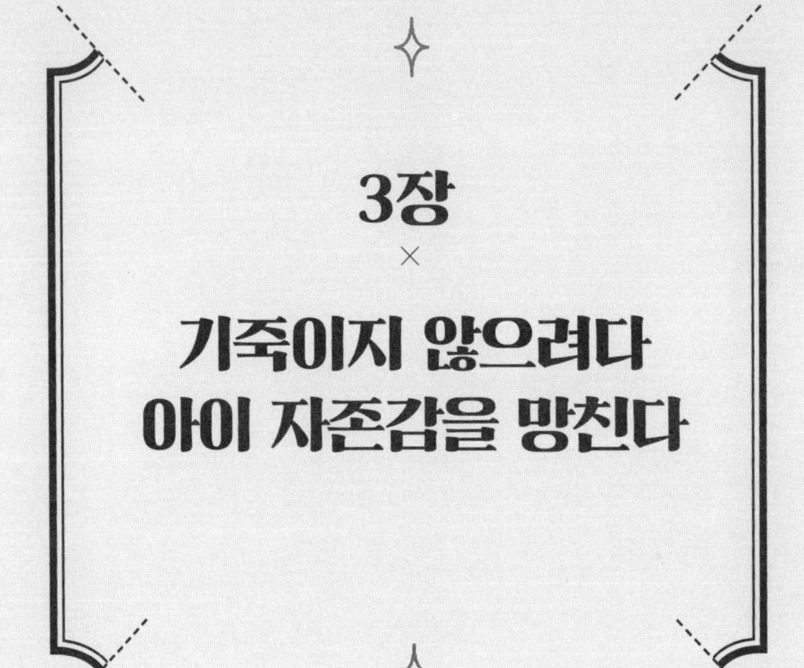

# 3장

# 기죽이지 않으려다 아이 자존감을 망친다

## 우리 애 기죽게 왜 그러세요?

어느 날 친구 부부와 저녁을 먹고 차를 한잔하러 디저트 카페에 들어갔을 때의 일이다. 친구 남편이 화장실에 간다고 일어난 지 얼마 되지 않아 화장실 쪽에서 시끄러운 소리가 났다. 무슨 일인가 싶어 돌아보니 친구 남편과 젊은 부부 사이에 언쟁이 벌어진 듯했다. 놀란 우리는 서둘러 그 자리로 가봤다. 젊은 부부가 고함을 치고 있었고 친구 남편 역시 적잖이 화가 나서 큰소리를 내고 있었는데 사건의 진상은 이랬다.

화장실에 간 친구 남편이 볼일을 보고 있는데 누군가 밖에서 계속 문을 쾅쾅 치더란다. 안에 사람이 있다고 몇 번이나 인기척을 내도 계속 문을 두드렸고, 이에 화가 난 친구 남편이 결국 문을 열고 나왔다. 나와 보니 일곱 살 정도 되는 남자아이가 화장실 문을 두드리며 장난을 치고 있었다. 친구 남편은 다른 사람들에게도 피해를 줄까 봐 아이에게 문을 두드리면 안 된다고 주의를 줬더니 아이가 울음을 터트렸다. 그제야 아이를 본 부모가 달려와서 왜 그러느냐고 따지기에 상황을 설명했다. 그런데 사과는커녕 소리를 지르며 왜 자기 애한테 싫은 소릴 하느냐고 오히려 화를 내는 상황이었다.

공공장소에서 아이가 아무 데나 돌아다니며 문을 치고 있는데도 방관하다가 아이 우는 것만 가지고 화를 내는 부부를 보며 모두 할 말을 잃었다. 아이를 단속 못 해서 타인에게 불편을 준 게 그럼 잘한 일이냐고 물어도 부부는 왜 자기 아이를 혼냈느냐며 소리만 질러댔다.

그 젊은 부부에게는 부모로서 관리를 잘못한 것이나 아이의 버릇이 나쁜 것보다 큰소리 친 것 때문에 아이의 자존감이 떨어진 것이 더 걱정인 듯했다. 마치 자기 아이 외에는 아무것도 보이지 않는다는 듯이.

공공장소에 가면 여기저기 뛰어다니는 아이들 때문에 눈살을 찌푸리는 경우가 늘어났다. 자세히 살펴보면, 대부분 어른끼리 대화하는 등 다른 데 정신이 팔려 아이를 돌보지 않고 있다. 그렇게 아이가 혼자 돌아다니다 타인에게 불편을 주면 당연히 사과하고 아이를 훈육해야 하는데, 아이의 감정이 상할까 봐 그렇게 하지 않는다.

무엇 때문일까? 언젠가부터 부모들 사이에서는 '자존감'이 화제다. 여러 교육서나 매스컴에서도 자존감이 끊임없이 언급되고 있다. 하지만 아이가 잘못된 행동을 해도 지적하지 않고 그냥 넘어가는 것이 과연 아이의 자존감을 높여주는 일일까? 그렇다면 자존감은 대체 무엇이란 말인가?

자존감이란 '자아존중감(self-esteem)'의 준말로 '자신을 존중하고 사랑하는 마음' 또는 '어떤 성과를 이루어낼 거라고 자신의 능력을 믿는 마음'이라고 보통 풀이된다. 과연 이 자존감이라는 것이 감정이 상할까 봐 아이를 혼내지 않고 덮어두는 일과 관련이 있을까? 아이를 혼내지 않으면 아이가 자신을 존중하고 사랑하게 되는가? 당연히 무관하다.

아이가 한 잘못을 두고 소리를 지르며 과하게 야단을 치는 것은 분명 문제가 있지만, 아무리 어린아이라도 무엇을 잘못했는지 분명하게 지적하고, 옳은 것은 무엇인지 차분히 가르쳐줘야 한다. 쉽지 않겠지만, 부모는 계속해서 현명한 솔로몬이 되려고 노력해야 한다. 부모의 생각이 바로 서고, 그 가치관에 따라 매 순간 저울질해줘야 아이는 제대로 된 가치관을 습득해나갈 수 있다. 그리고 아이의 자존감도 키울 수 있다.

아이의 감정을 다치지 않게 하는 데만 급급해한다면 아이는 자신이 저지른 잘못을 합리화하고 비뚤어진 생각을 하며 성장할 것이다. 자존감은? 당연히 낮을 수밖에 없다.

어느 날 동네 사우나를 갔는데 대여섯 살 정도 돼 보이는 여자

아이와 엄마가 내 옆에 앉았다. 엄마가 몸을 씻는 동안 아이는 샤워기를 집어들었다. 샤워기로 물을 곳곳에 뿌리며 대야와 바가지를 어질러놓더니 돌아다니기 시작했다. 다시 돌아온 아이가 엄마 손을 끌면서 탕에 들어가자고 하자 그제야 몸을 다 씻은 엄마가 주위를 둘러봤다.

어질러진 광경을 본 엄마는 아이에게 조근조근 말하며 훈육을 했다. "여러 사람이 사용하는 공간인데 네가 이렇게 어질러놓으면 다른 아줌마들이 기분 좋을까?" 정도의 논리적인 지적이었다. 놀랍게도 아이는 바로 알아듣더니 고사리 같은 손으로 직접 치우기 시작했다. 물론 엄마가 도와주긴 했지만, 분명히 정리하는 주체가 아이라는 사실을 끊임없이 주지시켰다.

야단치지 않고 조용히 타이르듯 훈육하는 모습도 신선했지만, 그 뒤의 행동이 훨씬 더 인상적이었다. 보통은 혼낸 뒤에 아이가 정리하는 시늉을 하면, 엄마가 나서서 정리하고 아이를 데려가는데 이 엄마는 아이가 직접 정리하도록 옆에서 계속해서 지도했다. 그러면서 힘에 부치거나 서툰 부분만 도와줬다. 정리가 끝나자 '잘했다'는 칭찬도 빼놓지 않았다. 젊은 엄마가 이런 통찰력이 있다니 대단해 보였다.

직장생활 경험에 비춰보면, 어른도 아이와 똑같다. 잘못했을 때 심하게 다그치기만 하면 반발심이 생겨서 잘못을 인정하기보다 먼저 억울함부터 생각한다. 개선할 생각은 아예 하지도 못한다. 잔소리를 듣는 내내 속으로 분하고 섭섭하단 생각만 하며 귓등으로 튕겨내는 경우가 대부분이다.

아이도 마찬가지다. 그러니 감정을 죽이고 논리를 최대한 활용해보자. 그리고 원칙을 분명히 가르쳐주자. 그러려면 부모도 훈육이 필요한 순간에 심호흡 한 번 하면서 생각을 정리할 필요가 있다. 아이가 타인에게 불편을 줬다면 부모는 무엇을 잘못했는지 짚어가며 분명하게 사과하는 모습을 보여줘야 한다. 그 과정에서 아이는 자신이 잘못한 것이 무엇인지 정확히 알게 된다.

지연이 초등학교 5학년이었을 때의 일이다. 방과 후 집에 돌아온 아이는 조잘대며 자기네 반 남자아이에 대해 얘기해주었다. 그 남자아이의 집이 부자인 것 같다면서 하는 말이, 다른 친구가 돈을 받고 그 아이의 학교 숙제나 학원 숙제를 해준다는 것이다. 심지어 그 대가가 한 달에 3만 원이 넘는다고 해서 너무 놀라 나는 말문이 막혔다. 당시 지연이 한 달에 버는 용돈은 2만 원 남짓이었다.

그 아이 외에도 어떤 아이는 신상 스마트폰이나 태블릿 PC가 나올 때마다 구매해 학교에 가지고 와 자랑한다고도 했고, 어떤 여자아이는 온갖 브랜드 화장품을 다 가지고 다니면서 풀 메이크업을 한다고도 했다.

한참을 종알거리던 지연은 이야기 끝에 그 아이들이 하나도 부럽지 않다는 말을 덧붙였다. "내가 노력해서 버는 용돈이 더 자랑스러워요" 하면서 "그 아이들은 이다음에 커서 분명히 문제가 있을 거 같아요" 하고 말했다. 제법 어른스러운 소리를 하는 지연을 보며 '불과 1년 만에 이렇게 바뀔 수가 있나? 이것은 나의 힘이 아니라 아이의 힘이다'라고 놀랐던 기억이 선명하다.

난 지금도 그 부모들의 태도를 도저히 이해할 수가 없다. 아마 부모의 사정으로 아이를 잘 돌봐주지 못해서 보상해준답시고 과하게 물건을 사주거나 아니면 다른 아이들에게 기죽지 말라고 신경을 쓰는 경우일 것이다. 둘 중 무엇이든 아이에게 별 도움이 안 되는 행동이다.

얼마 전까지만 해도 웬만한 학생들이 하나같이 입고 다니던 '○○페이스'라는 브랜드의 다운재킷이 있다. 몇십만 원이 훌쩍 넘어가는 고가의 재킷이어서 '등골 브레이커'라는 별칭까지 붙었었다. 이런 옷을 너도나도 입고 다니는 걸 보며 아이들 기죽을까 봐 수많은 부모가 무리하고 있구나 싶어서 씁쓸했다.

어른들에게는 실제로 그리 크지 않은 금액이기에 '이 정도쯤이야' 하는 마음으로 아이가 원하는 것을 사준다. 하지만 아이는 아직 금전에 관한 가치 기준이 제대로 서 있지 않다. 이때 어른이 관리해주지 않는다면 아이는 물질에 대한 그릇된 가치관을 갖기 쉽고, 그렇게 자라면 사회생활 할 때도 문제가 생길 수 있다.

사실 지연도 스스로 용돈을 벌어 쓰게 하는 훈련 중에 할머니가 우리 모르게 용돈을 몇 만원씩 주곤 했었다. 그러자 확실히 아이의 씀씀이가 커지면서 생활태도가 흐트러지고 거짓말까지 하는 일이 벌어졌고, 이를 바로잡느라 한동안 서로가 괴로웠다.

혹시라도 지연이 용돈이 부족해 친구들 사이에서 기가 죽을까 봐 할머니가 배려하여 준 것인데 그것이 아이에겐 잘못된 유혹이었던 것이다.

아이의 자존감은 어른의 푼돈으로 만들어줄 수 없고, 오히려 아이에게 근거 없는 교만함을 심어줄 수 있다. 아이의 자존감을 너무 쉽게 보면 안 된다. 아이의 기분을 좋게 하고 우쭐하게 만든다고 해서 자존감은 키워지지 않는다.

돈을 줄 때는 아이의 수준을 고민하고, 적당한 씀씀이를 생각하여 원칙에 따라 주자. 돈을 준다고 끝이 아니다. 그 관리까지도 부모의 몫이니 꼼꼼하게 챙겨주자. 성인이 되어 자기가 벌어서 쓸 때 그것을 귀히 여길 수 있도록.

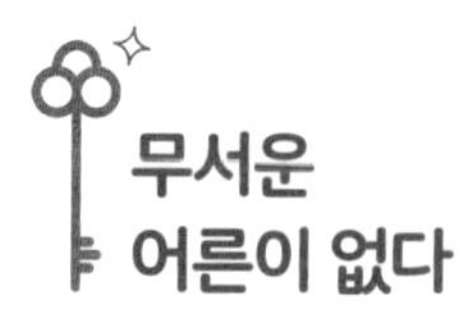

# 무서운 어른이 없다

"네 이놈들! 이게 무슨 짓이냐!"

예전에 아이들 예절 교육 붐을 일으켰던 청학동 김봉곤 훈장님은 가끔 방송에 등장해 이런 호통을 치곤 했었다. 이제는 어디서도 이런 어른의 호통을 들을 수도 없고, 하는 사람도 없다.

예전에는 할아버지나 아버지가 집안에서 가장 두려운 어른으로 존재했지만, 이제는 할아버지나 할머니가 부모보다 더 아이를 귀여워하고 애지중지 여긴다. 게다가 아버지의 권위는 바닥으로 떨어진 지 오래다.

직장에서 그렇듯 집안에서도 엄마들의 목소리가 커진 와중에아빠는 사회생활을 핑계로 집안일이나 아이 교육에 관심을 쏟지 않으니 영향력이 생기지 않는다. 과거처럼 남편이라는 이름만으로 존경받고 받들어지는 시대가 아니다. 아이 교육에 관심을 쏟는 아빠도 꽤 된다지만, 여전히 엄마가 알아서 하는 거라고 여기고 관심이 없는 아빠들이 더 많다.

할아버지도 할머니도 아이를 귀여워만 하고, 아빠의 권위는 사라졌으며, 엄마는 아이의 수행비서가 되었으니 이제 집안에는 무서운 어른이 없다.

아이를 키우다 보면 여러 상황이 벌어진다. 귀엽고 고분고분한 영유아기가 있지만, 곧 미운 일곱 살이 온다. 그래도 엄마 말을 제법 잘 들어서 '역시 내 아이는 남들과 다를 거야'라고 착각에 빠뜨리는 초등학교 시절을 지나면 아이가 '나도 이제 클 만큼 컸는데'라고 생각하는 사춘기가 온다. 20대가 되어도 헛짓하기 일쑤다. 아직 세상을 너무 모르고 어리기 때문이다.

그럴 때 존경까지는 아니어도 아이가 어려워하는 누군가 있어서 행동과 생각을 바꾸어줄 수 있으면 좋으련만, 요즘 아이들에게는 진짜 '어른'이라고 여겨지는 존재가 없다. 성장 단계마다 아이가 잘못된 방향으로 가려고 할 때 마땅히 중심을 잡아줄 어른이 없어진 것이다.

나의 경험으로 미루어보면 그래도 가장 어렵고 조심스러웠던 존재가 학교 선생님이 아니었나 싶다. 아이뿐만 아니라 그 당시 부모님들도 선생님의 권위는 인정해주고, 아이의 교육을 전적으로 맡기고 받아들였다. '선생님 그림자도 밟으면 안 된다'라는 말이 괜히 나온 게 아닌 시절이었다. 여기서 말하는 교육은 단지 학습에 국한된 것이 아니었다. 아이의 생활태도나 일탈도 선생님의 판단에 손을 들어줬다. 물론 '그때라고 해서 선생님이라는 직업을 가진 사람들이 지금보다 훨씬 더 훌륭한 인격을 가진 사람들이었을까?' 라는 의문은 있다. 문제도 있었던 것이 사실이지만 아이의 학교생활만큼은 선생님의 판단하에 맡겨놨었다.

교복을 단정히 입게 하고 학교에서는 화장을 못 하게 하는 역할, 아이들 사이에서 벌어지는 사소한 다툼의 판결부터 흡연이나 가출과 같은 일탈행위까지. 예전엔 선생님한테 잘못한 것이 알려지면 엄한 꾸지람과 벌을 받았다. 아침에 지각생들이 교문 앞에서 엎드려뻗쳐를 하거나 오리걸음을 걷는 정도는 늘 있는 일이었다. 부모님의 '무언의 인정'이 아이들에게 선생님을 두려운 존재로 만들었다. 요즘은 폭력이나 음주같이 범법행위를 제재하는 정도가 모두의 공감을 받는 선생님의 훈육인데, 이마저도 언젠가는 간섭하지 못하는 시대가 올지도 모르겠다는 생각이 든다.

아이를 소중하게 여기는 요즘 부모들은 선생님의 지도 자율권을 인정하지 않는다. 지연이 중학교 2학년 때 한번은 이런 일이 있었다. 아이 학교에서 문자가 왔기에 읽어보니 아이가 치마를 짧게 입었다가 검사에 걸렸다는 내용이었다.

나는 아이의 교복 치마의 길이를 학교 규정대로 지켰고, 줄이지 못하게 몇 번을 확인했는데 무슨 일인가 싶었다. 알고 보니 아이가 집을 나서면서 치마허리를 둘둘 말아 올려 입고 다닌 것이다. 이 일로 학교에서 다른 벌은 받지 않았지만, 벌점을 받았다. 우리 부부는 아이가 잘못했으니 당연한 결과라고 생각했다. 그런데 학기가 끝날 무렵, 당시 치마 길이 검사로 받았던 벌점을 모두 삭제한다는 소식을 들었다.

'이건 또 뭐지?'

아이의 학생부 기록을 우려한 극성 엄마들이 학교에 항의하는 바람에 학교가 백기를 들고 그동안 부여한 벌점을 모두 철회한 것이었다. "세상에나!" 소리가 절로 나올 만큼 대단한 엄마들이다.

오늘날 체벌이 없어진 이유도 부모들의 건의 때문이다. 물론 나도 체벌의 문제점을 모르는 바가 아니다. 잘못된 체벌은 아이에게 신체적, 정신적으로 좋지 않은 영향을 줄 수 있고, 선생님도 사람인지라 감정이 전혀 섞이지 않을 수가 없다. 하지만 그 때문에 요즘 아이들이 '어디 한번 해볼 테면 해봐라'는 식으로 선생님을 막 대하는 경우를 심심치 않게 본다. 심지어 학생이 선생님에게 욕을 하고 구타까지 하는 사건도 있다고 하니 정말 혀를 내두를 일이다. 이런 아이들을 그 부모는 제대로 감당할 수 있는 걸까?

얼마 전 한 고등학교에서는 이런 일이 있었다. 고등학교 1학년 신입생 중에 문제아가 몇 명 있었는데 그 애들이 학교에서 담배를 피우고 술까지 마신 모양이었다. 문제는 이번이 처음이 아니라 두 번째 걸렸던 것. 이를 훈육하는 학생지도 선생님은 아이들을 데려다 놓고 다시 한 번 더 그러면 진짜 혼내겠다며 몽둥이로 벽을 쳐가며 으름장을 놓았다. 그런데 이 상황 자체가 아이들이 파놓은 함정이었다. 예전에 선생님한테 걸려 야단맞은 것에 앙심을 품은 아이들이 사전 모의를 해서 일부러 그 상황을 유도한 것이다. 다른 아이들은 이미 들어 이 사실을 알고 있었단다.

문제는 아이들이 부모한테 가서 선생님이 자신들을 위협했다고 이르는 바람에 사건이 커진 것이다. 부모들은 선생님의 위협으로 아이들이 상처받았다며 학교와 교육청에 항의했고 사직을 요구했다. 그러다 마음대로 상황이 돌아가지 않으니 고소하고 재판까지 가면서 그 선생님을 파면시켜야 한다고 주장했다.

그 재판에서 선생님은 학생을 지도하기 위해 정당한 행위를 했다는 판결을 받았다. 그런데도 부모들은 끝까지 파면시켜야 한다고 주장했고 결국 뜻대로 되지 않자 아이들을 모두 다른 학교로 전학시켰다.

이 상황을 들으면서 의문이 들었다. 무엇을 위한 투쟁이었을까? 이 사건이 사회 정의를 구현하는 일이라도 된다고 생각했던 것일까? 아니다. 아이들이 마음의 상처를 받았다고 주장하며 그 상처를 준 선생을 응징해줘야 아이들의 자존감을 지킬 수 있다고 믿은 것이다.

나는 궁금하다. 부모로서 아이들이 저지른 잘못을 지적이나 했는지. 아니 고등학생으로서 교내에서 흡연과 음주를 한 게 잘못된 행동이라는 건 아는 걸까? 심지어 악의적으로 모의한 것을 알고도 그 난리를 친 것일까? 그렇게 아이들의 감정을 살펴준다고 해서 아이들에게 무슨 득이 돌아올 것인가?

아이가 잘못해서 선생님에게 꾸중을 들었다고 재판까지 가는 사회가 되었다. 교권이 바닥이 아니라 지하 어디쯤으로 떨어진 것이다. 부모들은 아이의 감정 지키기에만 연연한다. 그렇게 큰 아이들이 세상에 나오면 어떨지 무서울 정도다. 오만하고 이기적인 사람으로 가득 찬 세상이 떠오른다. 이런 아이들이 타의 모범이 되는 것은 낙타가 바늘구멍을 통과하는 것보다 어려운 일이다.

부모 눈에 보이지 않는 아이의 잘못은 선생님이 지적해줄 수 있도록 권한을 이양해야 하는데 요즘은 선생님이 학부모 눈치를 볼 수밖에 없도록 제도가 만들어지고 있다. 일탈하는 아이들에게 제동을 걸어줄 어른이 완전히 사라진 것이다. 그러고는 요즘 아이들이 도를 넘어섰다며 사법 처벌을 어른과 똑같이 해야 한다고 청원을 한다. 제 발등을 찍고 있는 꼴이다.

아이들이 귀하다고 체벌은커녕 야단도 마음대로 치지 못하도록 제도를 만들어놓고 아이들이 사회의 문제가 될 만큼 잘못되어간다고 강력히 처벌해야 한다니. 세상 무서울 게 없는 교만한 아이들을 부모가 만들고 있다. 참 기가 찰 노릇이다.

어느 남자 고등학생의 엄마는 아이가 중학생이 된 시점부터 아이에게 폭행당하며 살았단다. 그것이 외부로 알려지면 아이한테 해가 될까 봐 심지어 아빠에게도 말하지 않고 속으로만 아파하며 살았다. 아이는 남 앞에서 그 누구보다 착하고 얌전했지만, 스트레스가 쌓이면 분노조절이 안 된다며 신체적으로 만만하고, 자신을 보호해줄 게 분명한 엄마를 폭행했으며, 집안 집기까지 부쉈다. 정신과 치료부터 시켜야 하는데 시간이 지나면 나아질 거라며 참고 있다니 기가 막히다 못해 화가 날 지경이었다. 이게 진정 사랑일까? 나중에 그 아이가 혹시라도 결혼해서 스트레스를 받게 되면 그 아내는 어쩐단 말인가?

남의 얘기가 아니다. 내 지인 중 한 명은 알코올 중독자에게 속아서 시집을 갔는데 결혼하고 보니 집안에 멀쩡한 집기가 없더란다. 그동안 시부모가 아들 제어를 못 하고 심지어 맞기까지 하며 살았던 것이다. 그녀 역시 결혼 초부터 폭행당하며 고생하다가 일찍이 이혼했다. 그런 아들을 결혼이라도 시켜본다며 시부모는 결혼 전 지인을 지극 정성으로 대했다. 알코올 중독자 자식을 치료부터 하고 결혼을 시켰어야 하는 거 아닌가?

부모들은 우리 집 아이들은 다르다고 생각할 것이다. 하지만 위의 사례는 특별한 환경에서 자랐다거나 아이 성격에 결함이 있어서 생긴 일이 아니다. 모두 자식을 너무 사랑한 나머지 필요한 시기에 아이에게 제대로 된 훈육과 제어를 못 해서 발생한 일일 뿐이다.

아이에게는 자랄 때 무서운 어른이 한 명쯤 있어야 한다. 그래야 성장하면서 일탈하더라도 제 길을 찾아가도록 안내받을 수 있다. 그렇지 않으면 브레이크 없는 자동차가 되어 거리를 활보하는 것과 다름없다. 잘못된 자식 사랑이 부메랑이 되어 자식 가슴에 꽂힐 수 있다는 얘기다.

'무서운 어른' 하면 우리는 자동으로 부정적인 이미지를 떠올린다. 우리네 클 때도 어른들의 잔소리를 듣기 싫어하며 '꼰대'라는 생각을 하지 않았는가? 어느 세대나 세상을 조금 더 산 사람들은 어린 사람들의 행동이 현명하지 않다고 판단하고 조언한다. 그리고 젊은 세대는 그 소리를 고리타분하다고 치부해버린다.

하지만 나 역시 젊은 시절을 지나 어른이 되고 보니 '옛날 말이 참 맞았구나' 하는 순간들을 자주 맞이한다. 엄마와 아빠의 역할이 바뀌어도 좋다. 적어도 한 사람만이라도 아이에게 따끔한 소리를 할 수 있는 존재가 필요하다. 학교생활은 선생님에게 좀 맡겨두자. 아이의 잘못이 분명하다면 회초리 들어주는 선생님에게 오히려 감사해야 하는 거 아닐까? 내 생각은 그렇다.

## 교육의 주체를 재정의해야 할 때

지연은 조금 특별한 조건 속에서 성장했다. 내가 없을 때는 할머니가 주로 육아를 담당했으니 아빠는 어떤 식으로든 육아의 주체가 아니었다. 그러다 보니 아빠는 제대로 아이를 보살피지 못한다는 미안한 마음이 늘 있었고, 아이와 같이 있을 때만이라도 잘해주려 했다. 하지만 일시적이었을 뿐 아이의 교육적인 측면에는 거의 관심을 기울이지 못했다.

결혼 전, 지연이 초등학교 4학년이던 어느 일요일이었다. 집 근처 공원에서 아이와 만나 자전거를 타며 놀던 중, 아이 고모에게서 전화가 걸려왔다. 시험 일정을 어디서 알게 된 모양인지 놀란 목소리로 이야기했다.

"지연이 학기말고사가 모레라는데요?"

"네?"

아이에게 얼른 학기말고사에 대해 물었다.

"지연아, 너 학기말고사라는데 시험 공부 안 하니?"

"어? 저는 몰랐어요. 아무도 이야기해주지 않았어요!"

아이는 이틀 후부터 학기말고사가 시작된다는 사실을 들은 적이 없다며 합리화부터 했다. 황당했지만, 일단 부랴부랴 아이를 집으로 데리고 들어와 시험 공부를 하라고 당부한 다음, 나는 집으로 돌아왔다. 아무래도 마음 한구석이 찜찜했다.

나중에 꼼꼼히 전후 사정을 확인하고, 상황을 종합해보니 학기말고사가 이틀 후 예정되어 있다는 사실을 아이가 모를 리 없었다. 정황상 공부를 전혀 안 하고 놀다가 들킨 지연이 당황하여 거짓말을 한 게 분명했다. 그것도 자기에게 알려준 사람이 없었다고 남의 탓을 하면서 말이다.

가족들이 모두 아이를 애지중지하긴 했지만, 지연도 여느 아이처럼 실수하거나 잘못을 저지르면 어른에게 혼이 났다. 문제는 할머니가 야단칠 때는 아빠나 고모에게, 아빠가 꾸중할 때는 할머니에게 달려가 위로받거나 방패막이로 삼는 경우가 많았다. 하긴 《신데렐라》를 읽다가 영어 문제로 아빠에게 혼이 날 때도 내가 아이를 안고 달래준 기억이 난다.

그러다 보니 아이는 자신이 한 잘못과 직면하고, 마음 깊이 반성하며 과오를 바로잡아본 경험이 없었다. 무언가 다른 핑계를 대면, 자신의 잘못에서 시선을 돌릴 수 있으니 아예 교정의 기회를 놓아버린 것이다. 어린아이가 부주의해 넘어졌을 때 땅바닥에 '때찌' 하며 야단쳐주는 것과 다를 게 없다.

사람이라면 누구나 자신의 잘못을 인정하기 싫어한다. 수많은 사람 앞에 서는 것보다 진정한 용기와 뱃심이 필요한 것이 자기의 잘못을 인정하고 반성하는 일이다. 그래야 잘못을 바로잡고 좀 더 나아질 수 있는데 지연은 잘못을 인정할 필요가 없었기에 바꿀 것도 없었고, 나아질 것도 없었다. 게다가 방패막이로 삼을 만한 훈수꾼이 옆에 있었으니 이보다 더 든든할 수 있을까.

부모 중 한쪽이 아이를 훈육할 때 다른 부모가 아이 편을 들거나 옆에서 훈수를 두는 것은 좋지 않다. 사전에 부모가 의견을 조율한 다음, 방향을 정하고, 일관된 의견으로 교육해야 한다. 그래야 아이가 혼란스러워하지 않고, 다른 핑곗거리도 찾을 수 없어 있는 그대로 훈육을 받아들일 수 있다.

사공이 많으면 배가 산으로 간다고, 부모가 서로 이견을 제시하면 아이는 어느 것이 맞는지 헷갈릴 수밖에 없다. 이렇게 되면 아이는 두 의견 중에서 쉽고, 유리한 쪽을 선택하여 받아들이므로 제대로 된 교육이 될 리 없다.

내가 지연을 맡게 된 그날부터 아이를 보살펴준 시어머니와의 갈등도 시작됐다. 아이를 마냥 귀하게만 키우고 싶었던 시어머니의 눈에는 나의 양육방식이 낯설고, 냉정해 보였을 것이다. 우리는 고민한 끝에 분가를 결정했다. 그래야 아이 교육의 주체를 오롯이 내가 맡을 수 있을 것 같아서였다. 분가 후, 가정을 정비하자 지연은 어디에 숨을 수도, 누군가에게 기댈 수도 없게 되었다. 잘못했을 때는 자신의 과오와 직면해야 했다. 분가 후부터 아이는 차차 잘못된 습관들을 스스로 바로잡게 되었다. 그 과정의 결과는 예상보다 빠르게 나타났다.

5학년 2학기가 끝나갈 무렵 회사에서 일하고 있는데 아이한테서 전화가 왔다.

"엄마! 나 이번 시험 전부 만점 맞았어요!"

"응?"

자신도 믿기지 않는다며 뛸 듯이 좋아하는 아이의 모습이 전화 너머로 보이는 듯했다. 뜻밖의 결과에 우리 식구 모두 가슴이 벅찼다. 1년여 만에 주변 친구들이나 선생님조차 의아해할 만큼 다른 사람으로 탈바꿈한 지연이 자랑스러웠다. 성적도 그렇지만, 태어나 처음으로 자신감을 갖게 된 아이가 대견했다. 드디어 지연이 자신의 진짜 모습을 되찾은 것이다.

물론 교육법을 바꿨다고 컴퓨터를 포맷한 것처럼 아이가 즉시 완벽하게 바뀌진 않는다. 지연이 중학교 때 우리 몰래 온갖 화장품을 사서 화장을 하고 다니다 걸린 적이 있다. 아무리 살펴봐도 아이가 버는 용돈으로는 어림없는 지출이어서 하나하나 물어봤더니 시어머니가 따로 용돈을 주었단다. 아이를 만날 때마다 안쓰러운 마음이 든 시어머니가 엄마 아빠에게 얘기하지 말고 쓰라며 몇

만 원씩 쥐여주었던 것이다. 새엄마 밑에서 자라는 손녀를 가련하게 여기는 그 마음은 알았지만, 하마터면 그동안 잘 쌓고 있던 공든 탑이 무너질 뻔한 사건이었다.

워낙 어린 학생들 사이에서 화장이 유행인 데다 그 나이 때 예뻐 보이고 싶어하는 건 정상이니 아이의 마음은 이해할 수 있었다. 하지만 학생 신분으로 입술을 시뻘겋게 바르고 다니는 건 절대 옳지 않다고 의견을 통일한 우리 부부는 화장을 엄격히 금지했다. 그런데 몰래 받은 용돈으로 화장품을 사서 빨간 입술은 기본이고, 우리 눈을 피해 파운데이션이며 마스카라에 아이섀도까지 바르고 다닌 것이다.

자제심이 부족하고, 사리분별이 미숙한 나이에는 화장 같은 사소한 일도 아이의 생활방식이나 가치관에 커다란 영향을 미친다. 지연도 그동안 잘 잡아왔던 생활태도가 하나씩 무너져 그 근간까지 흔들리기 시작했다. 아이는 온종일 거울을 들여다보며 화장뿐 아니라 전체적인 몸치장까지 신경을 썼다. 그러다 치마 길이로 벌점도 받게 됐다. 공부에 대한 열의도 그전만 못했다. 용돈이 다시 넘치기 시작하니 방과 후 친구들과 카페에 가서 비싼 음료를 사 먹고 시간을 보내기도 했다.

당시 나는 회사에 다니고 있어서 그러한 일탈 행동을 금방 알아차리지 못했다. 달라진 자신의 모습을 감추기 위해 우리를 피하고 거짓말까지 했으니 당연한 일이었다. 그동안 노력해서 벌었던 용돈이 군것질값밖에 되지 않아 예전처럼 긍정적으로 용돈 벌이를 하지 않았고, 겨우겨우 마지못해서 했다. 때마침 사춘기의 시작과 맞물려 우리 가족은 모두 힘겨운 시간을 보내야 했다.

그래도 다행인 건 우리의 교육 방향이 여전히 일관된 데다 일어난 사건에 대해 어떻게 대처할지 그 의견도 같았다는 것이다. 아이는 순간순간 불만을 드러냈고 처음 교육을 시작할 때만큼 어려웠지만, 우리는 다시 올바른 방향으로 키를 돌리고 교육을 진행할 수 있었다. 물론 그 후로도 화장품을 친구들한테 몰래 빌리거나 용돈 기입장에 다른 물품을 구매했다고 거짓으로 쓰고 화장품을 샀다가 몇 번 걸리기도 했다. 하지만 아이와 오랜 시간 논의 끝에 수학능력시험이 끝날 때까지 하지 않는 것으로 합의를 보았다.

악법도 법이라고 하지 않는가. 유행에 뒤떨어지더라도 집안에 한번 원칙을 세웠으면 아이 스스로 유혹을 물리치고 지키는 연습을 해야 한다. 세상을 살다 보면 하고 싶지 않아도 지켜야 할 원칙들이 얼마나 많던가. 난 그 연습을 시키고 싶었다.

아이는 부모에게서 유전자만 물려받는 것이 아니다. 자라는 과정에서 부모의 태도와 반응을 통해 많은 것을 습득한다. 예를 들어 부모가 벌레를 끔찍이 무서워하는 모습을 보이면, 아이는 똑같이 벌레에 경기를 일으킨다. 부모가 고기나 패스트푸드를 좋아하는데 아이가 유기농 채소나 된장찌개를 좋아할 리 없다. 아장아장 걷는 아이가 모르는 것 같아도 어른들이 하는 소리를 듣고는 담아뒀다가 어느 날 말문이 트이면, 깜짝 놀랄 만한 어른 같은 말들을 늘어놓는다. 아이는 무의식적으로 부모의 행동을 관찰하고 기억해놓았다가 성장하면서 그대로 꺼내놓는 것이다.

언젠가 두 돌이 채 되지 않은 조카와 밥을 먹은 적이 있었다. 말도 잘 못 하는 아이에게 조그만 상추 쌈을 싸서 입에 넣어주려고 하니 "그거 맛없던데" 하고 말하는 게 아닌가? 따로 가르친 적도 없는데 언제 이런 말을 배웠는지 궁금해하다 마침내 깨달았다.

삶에 대한 가치관, 태도, 행동까지 아이가 성장하며 하게 되는 모든 것은 부모에게서 보고 익힌 대로 하게 된다는 것을.

그러니 아이를 낳겠다고 결심했다면, 혹은 예정되어 있다면 일관된 육아관과 교육관부터 준비하자. 그래야 처음부터 교육의 혼선을 없애고 한 방향을 보며 함께 나아갈 수 있다.

우리 부부도 처음에는 아이 교육법에 관해 다른 견해를 갖고 있어서 갈등을 겪었다. 아이가 다 그런 거 아니냐며 별문제가 없다고 여겼던 남편은 나의 교육법이 너무 엄격하다고 생각했다. 하지만 나는 고학년이 되도록 아무런 틀이 잡히지 않은 아이를 보며, 사춘기가 오기 전에 반드시 방향을 잡고 노력할 줄 아는 아이로 만들어야 한다고 조급해했다.

의견 합치를 위해 남편은 지연이 태어난 이후 처음으로 아이의 상태를 깊고 세세하게 관찰했다. 그러고 나서 일정 기간 우리 부부는 의견을 조율했고, 마침내 교육법에 대해 한목소리를 낼 수 있었다. 그 교육관은 지금까지 유지되고 있다.

내가 팥쥐 엄마다 보니 혹시라도 오해가 생길까 봐 늘 우려하는 마음은 있다. 그래서 아이에 대한 사항을 결정할 때는 사전에 남편에게 일일이 의견을 묻긴 하지만, 아이에게는 우리 부부가 한 가지 의견만 제시하는 것을 원칙으로 한다.

물론 이것도 쉽지 않은 일이라 가끔 '과연 내가 콩쥐 엄마였다면, 다른 방법을 택했을까?' 하고 수시로 자문하곤 한다.

한 지인이 아내를 잃고 중학교 3학년인 딸아이를 도우미 아줌마와 한국에 두고서는 해외 근무를 떠났다. 딸아이는 낯선 나라도 무섭고 현재 친구들과 헤어지는 것도 싫다며 고집을 부렸고, 아빠는 엄마를 잃은 것도 안쓰러운데 외국으로 가는 게 아이에게 나쁜 영향을 미칠까 봐 한국에 두고 떠났다. 아빠가 해외 근무를 떠나자 아이는 용돈은 물론 집안 생활비까지 받아서 자기가 관리했다.

그 돈으로 아이는 명품 액세서리를 사고, 인터넷 게임과 아이돌 바라기를 하면서 중고등학생으로서는 할 수 없는 자유로운 생활을 누렸다. 시간이 지나면서 아이의 행동에 문제가 있다는 것을 알아채고, 실상을 본 지인은 결국 해외 근무를 그만두고 한국으로 돌아왔다. 지금 회사까지 그만두고 아이와 함께 지내면서 교육을 다시 하고 있지만, 너무 시기가 지나버려 쉽지 않다고 푸념했다.

사고 발달을 하는 중요한 시기인 사춘기에 원칙이 있는 기숙사 생활도 아니고 혼자서 아무런 제제가 없는 생활을 했으니 아이에게는 잘못된 생활습관과 가치관이 생겨버렸다. 부모가 합심하여 한 방향으로 이끌어도 모자랄 판인데 이정표 하나 없는 허허벌판에 아이가 방치되어 길을 잃은 것이다. 아마 그 지인은 깜깜한 어둠을 한참 헤맨 끝에야 목적지에 도착할 수 있겠지만, 그렇게라도 도착하기를 바란다.

다양한 의견으로 혼란을 줘서도 안 되지만 시기별 성장에 맞춰 부모가 적당히 간섭해줘야 한다는 것도 명심하자. 아이가 성인이 될 때까지는 그럴 필요가 있다. 다만 간섭의 방식이 수행비서와 같은 태도가 아니라 아이가 바른길로 가고 있는지, 그 길이 도리에 맞는지, 스스로 얼마나 절실히 노력하는지 등 방향에 대한 것이어야 한다.

아이는 각자 특성이 있고 환경과 상황도 모두 다르니 정답 같은 건 없다. 확실한 건 아이 앞에서 부모가 일관된 의견을 제시하는 게 중요하다는 사실이다. 놀랍게도 아이에게는 가치관이 바로 서면 저절로 바른 방향을 찾아갈 수 있는 능력이 있다.

의견 합치가 안 될 때는 부부가 '가위바위보'라도 해보자. 누가 총대를 멜 것인가?

## 자존감은 노력의 대가로 얻는 것

우리는 흔히 제법 똑똑해 보이는 아이들을 보면 "어머, 어쩜 그렇게 똑똑하니?", "아이고, 참 똘똘하게 생겼네!"라고 칭찬을 해준다. 그런데 생각을 한번 전환해보자. 과연 똑똑한 머리로 태어난 것이 칭찬받을 일일까? 그럼 돈 많은 부자 부모 밑에서 태어난 것도 칭찬받을 일 아닌가? 로또에 당첨된 것은? 어떤 지인은 이런 이야기를 했다. "부모를 잘 만나는 것도 실력"이라고.

포 브론슨(Po Bronson)과 애슐리 메리먼(Ashley Merryman)은 공동으로 저술한 《양육쇼크》(물푸레, 2009)에서 지능을 칭찬하지 말고 아이가 스스로 끈기를 가지고 이루어낸 성과와 과정을 함께 칭찬해야 한다고 말한다. 과정이 아닌 지능을 칭찬하면 아이들은 도전과 모험을 하지 않으려고 한다. 어려운 도전을 했다가 실패할 수 있다는 두려움에 아이는 성공을 확신하는 일 외에는 하려고 들지 않는다.

이 책에서는 뉴욕 대학교 정신의학과 주디스 브룩(Judith Brook) 교수의 말을 인용하여, "칭찬은 중요합니다. 그러나 공허한 칭찬은 칭찬이 아닙니다. 아이들이 지닌 재능이든 진실한 것에 기초한 칭찬이 되어야 합니다"라고 한다.

우리가 하는 칭찬을 돌아보자. "아이고, 예쁘다", "참 똑똑하게 생겼네"같이 우리가 자주 하는 칭찬을 뜯어보면, 아이가 타고난 것을 상찬하는 경우가 대부분이다.

과거 매스컴을 통해 세상을 놀라게 할 만큼 뛰어난 능력이 있다며 반짝 소개됐던 어린 영재들을 기억하는가? 그런데 지금 그 영재들은 다 어디서 무엇을 하고 있을까?

나도 가끔 그들이 생각날 때면 궁금해하곤 했었는데, 어느 날 과거 영재들의 현재 모습을 추적 조사한 결과를 발견했다. 그들 중에는 어떤 분야에서 이름을 알릴 정도로 성공한 사람도 있었지만, 그 뛰어난 지능을 살리지 못하고 지극히 평범하게 사는 사람이 더 많았다. 어릴 때부터 그 정도로 뛰어난 지능을 가졌었다면 어른이 되었을 때는 당연히 그 지능을 발전시켜 성공한 삶을 살고 있을 것 같은데 말이다. 왜일까?

인간의 두뇌는 발달이 끝난 상태로 태어나는 것이 아니라 사춘기를 거친 뒤 성인이 될 때까지 계속 성장하며 완성된다. 따라서 어릴 때는 다른 아이에 비해 뛰어나 보일지 몰라도 성장 속도에 개인차가 있으므로 이후에 기대만큼 두뇌가 발달하지 않는 사람도 있다. 물론 그 반대의 경우도 있지만, 높은 두뇌 수준이 반드시 성공을 보장해주지는 않는다.

아이에게 자신의 노력과 상관없는 '지능'과 같은 것에 대해서 과도하게 칭찬할 경우, 자신이 도전해야 할 게임이 '똑똑하게 보이기'가 되므로 아이는 '그 이상을 도전했을 때 계속 성공할 수 있을까?' 하는 의문을 품는다. 이렇게 되면 실수할 수 있는 모험에는 아예 나서지 않고 지레 포기하고 만다. 늘 '잘한다'는 소리를 들어야 하는데, 실패할 수 있다는 생각에 두려워지고, 오히려 소극적이 되는 것이다.

세상에 칭찬을 싫어하는 사람은 없다. '못한다'는 소리를 좋아하는 사람도 없다. 더군다나 아이는 단순하여 더욱 그럴 것이다. 그러니 칭찬할 때는 숙고해야 한다. 함부로 해서도 안 되고 지나치게 해서도 안 된다. 그런데 요즘 아이들은 어떤가? 자존감을 키워주라고 하니까 잘못은 눈감아주고 잘한 일도 아닌데 칭찬 일색이다. '칭찬은 고래도 춤추게 한다'는 말은 맞는 말이다. 다만 근거 있는 칭찬이어야 한다는 점을 잊지 말아야 한다.

한동안 아이가 하는 거짓말은 성장 과정에서 일어나는 자연스러운 일이니 그냥 놔둬야 한다고 하는 이론이 유행했다. 하지만 《양육쇼크》에서 두 저자는 "거짓말과 진실의 차이를 잘 아는 아이들일수록 시험에서 거짓말을 더 잘했다. 이러한 과학적 연구결과를 무시하고 수많은 육아 사이트와 자녀 교육서에는 부모들을 향해 자녀가 거짓말을 해도 그냥 놔두는 게 좋으며 아이가 자라면서 자연스럽게 사라질 것이라는 조언을 서슴지 않는다. 그러나 사실 아이들은 자랄수록 거짓말을 더 잘하게 된다"라고 분명히 이야기한다. 심지어 "어려서부터 거짓말을 한다면 나중에 중독될 가능성이 있다"고도 한다.

만약 어린 시절 지연이 어른들에게 사소한 거짓말을 했을 때, 심각히 생각하여 그냥 넘어가지 않고, 분명한 원칙에 따라 아마도 청소년기에 그리 고생하지는 않았을 것이다. 아이에게 따끔히 잘못을 지적해주고 '진실이 가치 있는 것'이라고 가르쳐주는 건 어느 시기건 매우 중요하고 필요한 일이다.

엄밀히 보면 '자존감'은 자존심과 분명히 다른 의미다. 자존심은 타인과 비교했을 때 내가 잘났다고 생각하는 마음이라면, 자존감은 앞서 말한 것처럼 내가 어떤 근거에 의해 소중하다고 느끼는 마음이며, 타인도 소중하다고 느끼는 마음이다. 많은 사람이 이러한 자존감을 자존심과 혼동하고 오해한다. 반면 그 차이를 알고도 자존감을 키워준다며 공감과 소통에만 치중하고 과도한 칭찬을 하는 경우도 있다. 하지만 잘한 일도 결과만 볼 것이 아니라 과정을 살펴서 구체적으로 칭찬해주는 것이 자존감을 키워주는 방법인 건 잘 모른다.

아이가 받아쓰기 시험에서 만점을 맞아왔다고 가정해보자. 엄마는 일단 기분이 좋을 것이다. 그래서 "어머 만점을 받았네! 아이고 귀여운 내 새끼!" 하며 아이가 좋아하는 아이스크림도 곁들여서 칭찬한다. 이렇게 했을 때 다음번 시험에서도 아이가 만점을 맞아올 수 있을까? 아니다. 엄마의 노력이 좀 더 필요하다.

"어머 만점을 받았네!"까지는 똑같이 해도 된다. 중요한 건 그 다음이다. "어떻게 공부를 했기에 이렇게 만점을 받았어?"라고 물어주고, "어제 받아쓰기 숙제를 하면서 공부하려고 따로 열 번이나 썼어요"라는 아이의 자세한 설명을 들은 후, "우와! 어제 태권도 갔다 와서 피곤했을 텐데 그렇게 공부를 열심히 했어? 정말 잘했다!"라고 구체적으로 칭찬해줘야 한다. 그래야 아이는 자신이 무엇 때문에 칭찬받았는지 그 내용을 분명히 인지한다. 그리고 다음에도 그것을 반복한다.

어린 시절 '하나를 들으면 열 가지를 알아차리는' 아이는 머리가 좋으니 별 노력을 하지 않아도 늘 "잘한다, 잘한다"라고 칭찬을 들으며 자란다. 이런 칭찬을 듣고 자란 아이는 고등학생이 되어 맞닥뜨린 수준 높은 교과 내용을 보고도 머리만 믿고 최선을 다하지 않는다. 한술 더 떠서 부모는 "아이가 머리는 좋은데 노력을 안 해서……"라며 합리화까지 해준다. 당연히 아이는 "난 머리가 좋으니 노력만 하면 이 정도쯤이야 잘할 수 있어!"라며 게으름을 부리다가 결국 좋은 결과를 얻지 못하는 사례를 우리는 심심치 않게 본다. 두뇌로만 따지면 어디에도 지지 않을 아이에게 과한 칭찬을 하는 바람에 동기부여가 되지 못해 실패하는 대표적인 사례다.

아이를 제대로 키운다는 게 참 쉽지 않다. 그래도 아이의 심리를 잘 생각해보면 충분히 예측 가능한 상황들이 아닐까?

요즘 매스컴에서 자존감에 대해 지나치게 강조하는 소리를 여러 번 들었다. 과열이라고 할 수 있을 만큼 너도나도 자존감에 대해 말하는 행태를 보면 의문이 든다. 외부의 문제, 나아가 사회 문제의 원인까지도 모두 자존감 탓을 하고 있는 게 아닐까?

일단 우리부터 자존감과 자존심을 분리하여 생각하자. 아이가 '진짜 자존감'을 높였으면 한다면 노력한 대가로 돌아온 성공을 경험하게 해줘야 한다. 그 결과로 칭찬을 받아야 아이는 다음에도 또 같은 관심과 칭찬을 받기 위해 노력할 것이고, 성장할 것이다. 자존감 높은 행복한 성인으로 거듭나면서 말이다.

칭찬은 넘어졌다가 스스로 일어난 아이가 손에 묻은 흙을 툴툴 털고 옷가지를 가지런히 정리할 때 해주는 것이다.

"어머 혼자 일어났어? 아픈 것도 잘 참고, 우리 지연이 정말 용감하다!"

# 4장

×

# 우리가 모르는 새,
# 아이들이
# 중독되고 있다

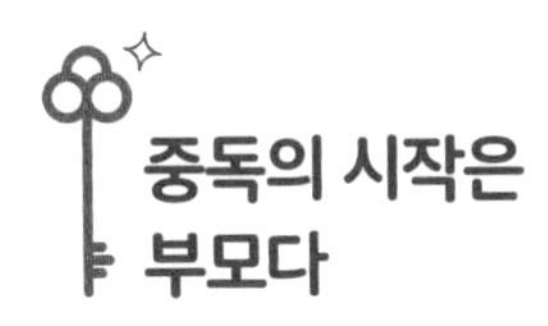

## 중독의 시작은 부모다

"사장님! 저희 스마트폰 사러왔어요!"

길가의 휴대폰 가게에 들어온 쌍둥이가 어깨에 짊어진 조그만 배낭에서 아빠의 애장품인 프로야구선수의 사인 야구공과 아끼는 장난감 그리고 천 원짜리 지폐와 동전 몇 개를 내밀었다. KBS 〈슈퍼맨이 돌아왔다〉에서 방송인 이휘재 씨의 쌍둥이가 했던 말이다.

쌍둥이가 어른의 스마트폰에 푹 빠져 시간만 나면 유튜브를 보려 하자 이휘재 씨는 일단 스마트폰을 못 보게 했다. 그렇게 하자 울며불며 힘들어하는 쌍둥이를 본 그는 극단의 조치로 자신의 스마트폰을 없앴다. 아이들을 위해 불편함을 감수하고 취한 조치였다.

그러자 쌍둥이는 자기네가 나름 귀하다고 여기는 집 안의 물건들을 싸들고 스마트폰을 사러 나간 것이다. 물론 이 난감한 상황에 당황한 휴대폰 가게 사장님이 연락한 덕분에 이휘재 씨가 아이들을 집으로 데려오긴 했지만, 그 방송을 보면서 요즘 아이들의 스마트폰 조기 중독에 대한 심각성을 다시 한 번 느꼈다.

식당이나 카페에서 부모들이 자신만의 시간을 즐기는 동안 유모차에 앉은 아이가 스마트폰이나 태블릿 PC를 뚫어져라 쳐다보며 혼자 노는 모습은 이제는 일상의 풍경이 되었다. 어린아이들은 만화동화·만화동요 어플리케이션이나 유튜브를 보고, 조금 큰 아이들은 스마트폰 게임에 열중해서 부모를 전혀 귀찮게 하지 않는다. 세상에 이런 효자가 없다.

심지어 어떤 부모는 만화에 온 신경을 쏟고 있는 아이를 가리키며 "어쩜 저렇게 집중력이 있는지 모르겠어요!"라며 그저 흐뭇해하기도 한다. 마치 그 아이가 장차 커서 그런 집중력으로 공부라도 할 줄 아는 듯이. 고개가 절로 갸웃거려진다.

아이에게 스마트폰이나 태블릿 PC가 유해하다는 걸 모르는 부모는 없다. 차라리 아이가 편하게 놀 수 있는 집이나 따로 놀이공간이 있는 곳에서 사람을 만나면 좋겠지만, 말이 쉽지 이것도 언제나 가능한 것이 아니다.

부모들은 공공장소에서 아이가 울고 보채니 정말 '어쩔 수 없이' 스마트폰을 쥐여준다. 마법같이 조용해지는 아이를 보며 부모는 안심하고 순간의 편안함을 즐긴다. 아이가 스마트폰에 맛을 들여 그보다 더 재미난 것을 찾을 수 없게 되면, 스마트폰만 찾는 '중독자'가 되어간다는 것을 모르는 채. 이런 모습을 보면 그저 놀라울 따름이다. 아이에게 달콤한 과자는 최대한 늦게 줘야 한다고 철저하게 관리하면서 스마트폰은 너무 쉽게 안겨주지 않는가.

요즘 아이들의 소셜 미디어나 인터넷 게임 중독은 가히 심각한 상황이다. 한국정보화진흥원의 2017년 발표에 따르면 스마트폰에 지나치게 집중하는 과의존위험군의 아이가 17.9%에 달한다. 고위험군과 잠재적위험군까지 포함하면 전체 참여자의 35%가 넘는데다 매년 증가하는 추세다. 이런 아이들을 그대로 둘 경우 과잉행동·충동성·부주의 정도가 높아져 ADHD(주의력결핍과다행동장애)까지 이를 수 있기에 부모가 자녀의 스마트폰 사용 습관이나 사용 욕구에 적극적으로 개입해서 바로잡아야 하는 상태다. 단순히 수치의 문제가 아니다. 아이들을 잠시만 관찰해봐도 손에서 스마트폰을 놓으면 금단 현상이 일어나 불안에 시달리고, 항상 스마트폰으로 무언가를 보거나 만져야 편안함을 느끼는 게 보인다. 어른이라고 해서 상황이 나은가? 지하철이나 버스를 탄 뒤에 주위를 둘러보라. 승객 중 80~90%가 고개를 푹 숙인 채 스마트폰을 보거나 만지작거리고 있다.

나 역시 한동안 스마트폰으로 하는 그림 맞추기 게임에 열중한 적이 있었다. 이게 정말 희한한 게 게임의 단계를 넘었을 때 오는 그 쾌감이 어떤 것에도 견줄 수가 없을 정도다. 그 중독성도 어마어마해서 눈앞이 흐려지고, 어깨가 결리는 부작용에 시달릴 때마다 하지 말아야지 하다가도 틈만 생기면 자꾸 손이 간다. 불현듯이 사소한 게임이 내 몸과 마음을 망치고 있다는 생각이 든 어느 날, 결단을 내리고 스마트폰에서 모든 게임을 완전히 지워버렸다. 그러고 나서야 간신히 그 중독에서 헤어 나올 수 있었다. 게임에서 빠져나오는 게 어찌나 쉽지 않은지 남편은 이 중독을 끊어버리지 못하고 게임과 여전히 놀이 중이다.

어른도 스마트폰을 끊기가 이렇게나 어려운데 아이들은 오죽할까. 아이들에게는 이것처럼 재미있고 행복해지는 소일거리가 없다. 문제는 한번 스마트폰에 맛을 들이면 어떤 상황이 펼쳐질지 예상할 수 없다는 것이다.

그런데도 부모들은 '노는 것도 한때인데 뭘', '이 정도쯤이야' 하면서 쉽게 인터넷 세상에 아이를 밀어 넣고 만다. 자신의 편안함을 위해서 아이를 스몸비(Smombie, 스마트폰과 좀비의 합성어로 스마트폰 화면을 들여다보느라 길에서 고개를 숙이고 좀비처럼 걷는 사람을 빗댄 말)로 키우는 것이다. 아이의 자제력이 어른보다 강하다고 생각하면 안 되는데 말이다.

지연도 어려서부터 TV를 끼고 살았다. 만화 같은 어린이 프로그램은 기본이고 어른이 보는 각종 드라마까지 줄줄이 꿰었다. 혼자 놀 만한 놀잇감도, 놀이 대상도, 놀이 장소도 따로 없다 보니 잠들기 전까지 어른들을 따라서 TV를 보았던 것이다. 덕분에 그 버릇을 없애고 책상 앞에 앉아 있게 하느라 제법 많은 노력을 기울여야 했다.

아이는 혼자 시간을 보내는 법을 잘 모른다. 심심해지면 칭얼대고 부모를 귀찮게 한다. 어른들은 또 그 나름대로 아이 눈높이에 맞춰 놀아주는 것이 여간 힘든 게 아니다. 옛날처럼 골목 친구들과 밥 먹기 전까지 밖에서 놀거나 마당이 있어 흙장난이라도 하며 놀면 좋으련만 어림없는 소리다. 아파트 안에서 자라는 요즘 아이들은 눈을 뜨고 나면, 무엇인가를 먹거나 심지어 숙제할 때도 거실에 있는 TV를 자연스레 어른과 같이 본다. 그것도 잠자기 전까지. 예능 프로그램부터 막장 드라마까지 모를 수가 없는 노릇이다.

어려서부터 계속 움직이는 화면을 끼고 자란 아이들은 정서적으로 불안할 뿐 아니라 심하면 ADHD에도 이를 수 있다. 잠시도 가만히 있지 못하고 항상 무언가를 만지작거려야 할 정도로 자제심이 부족한 경우는 이제 너무 흔해서 무슨 증상이라고 말하기도 뭣할 정도다. 이 아이들에게는 장래희망 같은 건 손에 잡히지 않는 먼 미래에 불과하니 그와 관련해서 노력하거나 몰입하지 못하고, 당장 재미난 것에 빠져 중요한 시기를 망치고 만다.

아이에게는 성장 단계별로 해야 하는 놀이가 있다. 갓난아이 때는 몸에 자극을 주는 놀이로 세상을 인식하게 한다. 조금 자라면 소리 듣기, 냄새 맡기 등 오감 발달 놀이를 통해 세상을 느껴야 한다. 걷기 시작하면 몸을 움직이는 놀이를 해야 하고, 움직이는 것에 익숙해지면 차차 그림 찾기, 모양 찾기, 기억력 자극하기 등 두뇌 발달 놀이를 해야 한다. 즉 아이에게는 놓치면 안 되는 때, 신체와 정신을 골고루 발달시켜야 하는 시기가 있다는 얘기다.

그런데 걸음마도 제대로 못 뗐을 때부터 가만히 앉아 눈으로만 보는 재미난 화면에 중독되면 아이는 건강한 신체를 갖는 것도, 정상적인 두뇌 발달도 어려워진다. 무서운 건 그 시작을 부모가 유도하고 있다는 사실이다. 아이가 칭얼대는 것을 피하려고, 아이로부터 조금이라도 자유로워지려고 말이다. 유난히 떼를 심하게 부리는 아이는 영유아기 때 썼던 육아법에 문제가 있었을 수 있다. 그런데 본질은 보지 않고 당장 모면하려고 아이에게 스마트폰을 안겨준다. 아이의 미래는 보지 않는 것이다. 참으로 심각한 상황인데 많은 부모가 이 점을 간과한다. 이 사소한 중독이 아이에게 얼마나 중대한 영향을 미칠지 고민하지 않는 모습을 보면 참으로 안타깝기 그지없다.

지연도 어릴 적엔 인터넷을 마음대로 사용했다. 가족 누구도 웹툰을 보거나 게임을 하는 게 문제라는 생각을 못 했던 것이다. 이 인식부터 바꿔야 했다. 우리 부부가 맞벌이를 하니 우리가 없는 시간에 아이 스스로 그 재미난 컴퓨터를 하지 못하게 막는 건 어려운 일이었다. 일단 컴퓨터에 비밀번호부터 걸었다. 어른이 있을 때만 풀어주고, 필요한 자료를 찾거나 숙제를 할 때만 쓰게 했다. 그렇게 해도 밖에서는 친구들이 스마트폰을 사용하니 유혹을 떨치기가 쉽지 않았을 것이다. 그나마 친구들과 자유롭게 스마트폰을 볼 시간 자체가 많지 않아서 자연스럽게 인터넷에 대한 의존도를 떨어뜨릴 수 있었다.

가만 보면 이런 중독을 사회적으로 부추기고 확대하고 있다. TV에서 온종일 방영되는 전자제품 기업의 광고를 보라. 부모들의 감정을 자극하여 사줄 수밖에 없도록 끊임없이 유도한다. 스마트폰이 없으면 아이의 위험을 알아차릴 수 없고, 대세를 따르지 않으면 아이의 기가 죽는다고 겁을 준다. 그러니 부모들이 너도나도 스마트폰을 사주러 매장으로 달려갈 수밖에 없다.

단순히 부모와의 연락 수단으로 이용했던 유치원 때와 달리 초등학생 정도가 되면 학급 친구들끼리 메신저 어플리케이션으로 단체방을 만들어 수다를 떨고, 독특한 놀이도 만들기 때문에 스마트폰이 없는 아이는 소외감을 느낄 수 있다. 그래서 왕따를 당할까 봐 초등학교에 입학하면 스마트폰부터 사주는 부모가 수두룩하다. 그나마 기준을 확고하게 세운 부모들도 저학년까진 어찌어찌 견디다가도 고학년이 되면 못 이기고 백기를 들고 만다.

하지만 그런들 어쩔 것인가? 이럴 때일수록 스마트폰의 효용성을 대수롭지 않게 여기는 부모의 굳은 소신이 필요하다. 그리고 스마트폰이 없어도 실제 아이가 성장하는 데는 아무 지장이 없다.

지연은 고등학교 3학년인 지금까지 스마트폰을 가져본 적이 없다. 초등학교 4학년 무렵, 아이 혼자 학원을 다니는 바람에 연락하려고 할 수 없이 사준 폴더폰을 몇 달 전까지 사용했는데 그 폴더폰도 얼마 전 장렬히 전사했다. 아이는 내심 기대했을 것이다. 1년만 지나면 고등학교를 졸업하니 아마도 이번에 드디어 스마트폰이 생기나 해서 말이다. 하지만 인터넷을 통해 똑같은 중고 폴더폰을 구해서 다시 안겨줬다.

수학능력시험이 끝나면 아이가 소원하던 스마트폰을 사주기야 하겠지만, 여태껏 스마트폰을 사주지 않은 것이 아이의 바른 교육과 학습에 큰 도움이 되었다고 생각한다. 아마 지연은 스마트폰으로 무제한 데이터를 쓰며 인터넷을 하는 다른 아이들이 꽤 부러웠을 것이다. 나도 그 마음을 모르지 않는다. 하지만 원한다고 다 줘서는 안 되는 일 아닌가? 그게 부모의 역할이니까.

인터넷 조기 중독이 아이들 삶에 어떤 영향을 미칠지는 아직 누구도 확실히 알지 못한다. 어린 시절부터 인터넷을 접한 2000년대생 아이들은 아직 사회에 나가 제자리를 잡지 못했다. 즉 검증 없는 실험이 아이들에게 이루어지고 있는 셈이다. 이런 상황에서 남들도 다 한다는 군중심리로 인터넷 세상을 아이들에게 열어주는 것이 나는 무섭다.

이런 소릴 들으면 모 전자 회사에서 나를 찾아오려나? 걱정이 되긴 한다.

## 몸과 마음이 시드는 아이들

요즘은 명절에 여러 식구가 모여도 집안이 조용하다. 밥 먹고 나면 각자 한구석씩 자리를 차지하고 스마트폰만 쳐다보고 있으니까. 옛날처럼 전통놀이를 하거나 서로 사는 이야기를 나누는 경우조차 극히 드물다.

그래도 연인들은 좀 달콤해야 하는 거 아닐까? 꽁냥꽁냥 이야기도 하고 서로 주거니 받거니 해야 상대방에 대해 알게 되니까. 그런데 식당이든 카페든 요즘 연인들이 데이트하는 모습을 보면 거의 대화도 없이 각자 스마트폰에만 고개를 박고 앉아 있다. 사이가 어색하면 어색한 대로, 익숙하면 익숙한 대로 말이다.

그 모습을 보면서 문화가 다르긴 참 많이 다르다 하면서도, 왠지 씁쓸한 기분이 든다. 혹시 그들은 소리 내서 대화하는 우리를 시끄럽다고 여기며 그렇게 마주 앉아 메신저 어플리케이션으로 대화하고 있는 것 아닐까?

스마트폰만 쳐다보고 있는 사람들을 보면 그것이 비단 개인의 정신적인 면에만 영향을 미치는 게 아닌데, 왜 이렇게 위험을 간과하고 있을까 겁이 난다. 스마트폰 속 인터넷 세상은 정신뿐 아니라 사람의 몸, 나아가 사회도 어둡게 만들고 있다.

'인간은 사회적 동물이다.' 학교 다니면서 수업 시간에 한 번은 들어봤을 이야기다. 그러나 여기서 '사회적'이라고 하는 것은 단순히 '같은 무리끼리 모여 이루는 집단 내의 일'만 말하는 게 아니라 집단 내의 '소통'과 '관계 맺기'까지 의미한다. 사람과 사람 간의 소통. 서로 대화를 통해 뜻만 전달하는 것이 아니라 감정도 느끼고 서로 완급을 조절하며 뜻을 교환하는 다각적인 소통과 관계 맺기 말이다.

사실 인터넷을 통해서도 소통은 할 수 있다. 하지만 인터넷상의 관계 맺기는 다분히 선택적이고 일방적이다. 내가 원하는 관계만 맺을 수도 있고, 원하지 않으면 언제든 돌아서면 그만이다. 그래서 상대방과 감정을 교환하면서 갈등을 해결해가는 과정을 충분히 경험할 수 없다. 결정적으로 인터넷상의 교류 속에서는 상대가 어떤 표정을 하고 있는지, 어떤 기분인지 알 수가 없다. 사실 말이 소통의 도구지, 인터넷은 정보라는 명목으로 익명의 누군가가 일방적으로 게시한 내용을 접하는 경우가 대부분이다.

실제 세상에서는 설혹 내가 원하지 않아도 맺어야 하는 관계들이 있다. 가족이나 학교 친구들, 연인이나 배우자의 가족들, 그리고 직장생활에서 맺게 되는 다양한 관계의 사람들까지 수많은 사람과 얼굴을 맞대고 교류해야 한다. 그런데 인터넷으로만 소통하고 진짜 사람과의 대면 소통을 요즘처럼 제한적으로 하며 성장하면 사회생활뿐만 아니라 가정생활조차 정상적으로 하기 어렵다.

일단 자신이 원하는 관계만 맺어왔고, 자신의 마음에 드는 것만 고르며 성장했으니 부모도 아닌 타인과 원활한 관계를 유지하는 게 쉬울 리 없다. 상황에 따라서는 가진 것을 나눠주고 억울해도 상대방을 받아들여야 하는데 저렇게 자란 사람이 연인, 부부, 동료라는 관계에서 어떻게 감정을 받아들이고, 상호보완할 수 있단 말인가?

그런 복잡한 상황을 해결하기보다는 회피해버리고 자기만의 세상으로 숨는 게 오히려 속 편한 일이다. 그래서 양보하거나 참지 못하고 헤어짐을 쉽게 선택한다.

안 그런 사람도 많지만, 학교나 직장에서 왕따를 당하는 사람들을 유심히 관찰해보면 문제가 될 만한 특징을 한두 개쯤 발견하게 된다. 물론 힘의 논리에 따라 가해자가 의도적으로 행하는 왕따를 옹호하는 것은 전혀 아니다. 타인과 관계 맺기에 문제가 있는 사람들도 있다는 얘긴데, 그런 사람들은 주변에서 함께 어울리려 노력해도 쉽게 관계가 맺어지지 않는다.

주변의 평판을 들어보면 '이기적이다', '폐쇄적이다', '까탈스럽다' 등 타인의 감정을 불편하게 하는 비뚤어진 구석을 발견할 수 있다. 그 불편함 때문에 주변인들이 거리를 두는 것인데 당사자는 타인을 원망한다. 자신을 돌아볼 생각은 하지 못하고서 말이다. 세상에 저절로 오는 사랑은 없고 이는 가족도 예외가 아니다. 소통과 관계 맺기도 노력하고, 연습해야 한다.

'고기도 먹어본 사람이 먹는다'는 옛말처럼, 친구도 여럿을 만나보고 연애도 여러 번 해본 사람이 사회생활도 원만하고 가정도 잘 꾸려간다. 수차례 실패하고, 재시도하며 관계를 이해하는 연습을 했기 때문이다.

혼자서 인터넷을 하거나 게임으로 시간을 보내며 자라온 아이들은 사회에 나와서도 남들과 정상적인 관계를 맺는 데 어려움을 느낀다. 서울성모병원 정신건강의학과 연구팀이 2017년에 발표한 결과에 따르면, 스마트폰 중독군 25명과 정상 사용군 27명을 대상으로 상대방의 표정 변화에 따른 뇌기능 활성화 정도를 MRI(자기공명영상)로 관찰한 결과, 전자는 뇌의 조절 능력이 떨어져 상대방의 표정 변화에 제대로 반응하지 못했다고 한다. 스마트폰 중독군의 사람들은 타인의 웃는 얼굴과 화난 얼굴을 번갈아 보여줘도 민감하게 알아차리지 못했다. 스마트폰 중독자들은 사회적인 능력이 떨어진다는 통설을 과학적으로 확인한 첫 사례다.

자연 속에서 아날로그적으로 사는 사람들을 재조명하는 TV 프로그램 〈나는 자연인이다〉에 나오는 사람처럼 자연 속에 파묻혀 사회와 단절된 삶을 살게 할 것이 아니라면, 타인과 소통하는 법을 어려서부터 '몸'으로 배우게 해야 한다. 사람들과 얼굴을 맞대고,

부딪히고, 큰소리도 내며, 가슴 아파 울기도 하고, 벅찬 기쁨도 느끼면서 몸으로 배워야 마음에 깊이 각인된다. 그리고 평생의 자산이 된다.

또 다른 문제는 스마트폰이 미치는 신체적인 영향이다. 스마트폰을 하는 아이들을 보면 대부분 스마트폰을 손에 꼭 쥐고 어깨를 한껏 웅크리며 등을 잔뜩 구부린 채 게임에 몰두하고 있다. 컴퓨터를 할 때도 아무리 좋다는 고가의 의자를 사줘봤자 의자의 형태와 상관없이 허리를 마구 뒤틀고 앉아 모니터에만 집중한다. 스마트폰 때문에 척추 측만증과 같은 척추 변형, 거북목 증후군, 일자목 증후군 같은 질환에 시달리는 사람들이 5년 새 5배나 급증했단다. 스마트폰에서 나오는 청색광(블루라이트) 때문에 수면을 유도하는 멜라토닌 분비가 되지 않아 소아불면증을 호소하는 아이들도 있다.

지연을 만나고 얼마 되지 않아 함께 찜질방에 갔을 때의 일이다. 옷을 갈아입다가 무심코 아이의 등과 허리를 보게 되었는데 일반적으로 안으로 쏙 들어가 있어야 하는 허리 중심부 뼈가 오히려 바깥으로 튀어나와 있었다. 심지어 튀어나온 뼈 부분이 공룡 등뼈 자국처럼 드러나 거뭇거뭇한 자국이 보일 정도로 허리뼈의 형태가 심각히 틀어져 있었다.

아직은 어린 나이라 이 증상이 허리에 통증을 유발하지는 않았지만 이대로 성인이 된다면 심각한 문제가 될 일이었다. 병원에서 엑스레이를 찍어보니 척추가 뒤와 옆으로도 틀어져 있다며 척추 측만증 진단을 받았다. 허리가 틀어진 게 하루 이틀도 아닐 텐데, 왜 이런 문제가 나한테만 보이는 걸까? 알 수가 없었다.

지연에게 상태의 심각성을 설명해주고 척추 측만증 교정을 하면서 무엇보다 평소에 아이가 바른 자세를 유지하도록 습관을 들였다. 척추가 이리도 비틀어진 건 평상시 허리를 곧게 펴고 있을 정도의 근육과 힘이 없는 데다 습관이 안 돼서였다.

남들이 보면 고문처럼 보이겠지만, 일단 값비싼 등받이 책상 의자부터 과감히 치웠다. 그리고 등받이가 엉덩이 부분에만 있는 의자를 찾아내서 아이가 책상에 앉을 때 뒤로 허리를 기대앉지 못하게 했다. 이 의자에 그렇게 앉았다간 뒤로 넘어질 것이기에 아이는 허리를 꼿꼿이 세웠다.

두 번째로 수시로 앉는 자세를 점검하며 허리 근육 강화 운동과 스트레칭을 매일 시켰다. 그렇게 몇 년이 지나자 아이의 등에서는 공룡 뼈 같은 자국이 없어지고 남들처럼 쏙 들어간 허리를 갖게 되었다. 너무 늦게 잡아준 탓에 척추가 옆으로 휜 증상은 여전히 남아 있지만, 그나마 뼈가 다 굳기 전에 허리가 뒤로 튀어나오는 이상 증상을 고치는 데 성공했다.

의외로 아이의 자세에 특별히 관심을 기울이는 부모가 많지 않다. 아이가 아무리 웅크리고 앉아 있어도, 목을 한없이 빼고 모니터를 보고 있어도 대수롭지 않게 여긴다. 기껏해야 "허리 좀 펴" 하고 핀잔이나 줄 뿐이다. 지금은 별문제가 없어 보이지만 성인이 되어

근력이 떨어지면 목 디스크나 허리 디스크 등으로 고생할 텐데 말이다. 척추에 철심이라도 박아야 잘못된 습관의 시작을 기억하게 되려나? 기억해낸 아이가 부모를 원망하면 어쩌려고 그러는 걸까?

무엇보다 밖에서 뛰놀아야 할 어린아이들이 가만히 앉아서 손가락만 움직이고 몇 시간씩 꼼짝 않고 있으니 당연히 운동 부족이다. 맛있고 기름진 음식이 넘쳐나는 세상이라 가만히 앉아 인터넷을 하며 이것저것 집어먹는다. 결과는? 소아비만은 8년 새 2배나 늘어나서 고지혈증, 지방간, 고혈압, 당뇨 등의 성인병은 물론 성조숙증에 걸린 아이들이 부쩍 많아졌다. 소아의 시력저하도 10년 새 2배 넘게 증가했다고 하니 말할 필요도 없다.

요즘 아이들이 운동 부족인 건 비단 인터넷 때문만은 아니다. 학교에서 돌아오면 각종 학원을 '뺑뺑이'로 다니니 아예 몸을 움직일 시간이 없다. 나머지 시간만이라도 몸 쓰는 놀이와 운동을 해야 하는데 쉬는 시간의 대부분을 움직임 없이 모니터만 쳐다보고 있으니 건강해질 리도 없다. 그렇기 때문에 부모의 개입이 필요하다.

아이가 모니터 속으로 들어가지 않도록 붙잡고 밖으로 나가자. 회사 일과 집안일로 온몸이 피곤에 절어 있더라도 자신과 아이를 위해서 운동 계획을 짜야 한다.

한 지인이 말하기를 자기 아이는 고등학교 2학년 때까지만 해도 공부를 열심히 해 성적도 좋고 부모와의 관계도 좋았단다. 그래서 당연히 좋은 대학에 진학할 수 있을 거라 믿었는데 고등학교 2

학년 말쯤부터 아이가 인터넷 게임에 빠졌다. 중독은 점점 더 심해져 부모 몰래 학원을 빠지고 PC방을 드나들기 시작했고, 엄마가 동네 PC방을 찾아다니며 끌고 오기를 여러 번 하는 지경에 이르렀다. 자연히 성적은 곤두박질치기 시작해 그동안 쌓아온 공든 탑이 순식간에 무너졌다. 그 오랜 기간을 노력했는데 말이다. 결국 원하는 대학에 진학을 못 하고 아이는 재수를 했는데 그 준비를 하면서도 게임의 늪에서 헤어 나오지 못했다. 고등학교 3학년 때 봤던 수학능력시험보다 점수가 더 떨어져 부모의 속을 새까맣게 만들었다.

고등학교 2학년 때만 해도 상위권 성적의 똑똑한 아이였는데 게임에 빠지고 나니 중독에서 벗어나지를 못했다. 게임을 하는 다른 친구들의 이야기를 들어보니 게임 내에서 쓰는 아이템 등을 '현질(인터넷상에서 현금을 주고 게임 아이템이나 게임 머니를 사는 행위)' 하기 위해 옷이나 전자기기, 심지어 인터넷 강의를 볼 수 있는 비밀번호까지 헐값에 파는 아이들도 있단다.

지인의 상황은 이것으로 끝이 아니었다. 어느 날 아이가 쓰러졌다는 소리에 놀라 병원에 데리고 가보니 영양실조 판정을 받았다. 속이 상하다 못해 기가 막히고 어이가 없어 아이를 추궁하자 밥값으로 '현질'을 하는 바람에 몇 날 며칠을 굶고 게임만 했단다.

그 후로도 아이는 정신을 차리지 못했고, 똑같은 행동을 반복해서 한두 번 더 쓰러졌다. 지인은 현금을 아예 주지 않기로 결정하고, 사용하면 자신에게 연락이 오는 카드를 내줬다. 그런 방법까지 써서 끼니를 거르지 않게 했다는 얘기를 하는 내내 얼마나 속상해 하던지.

'신선놀음에 도낏자루 썩는 줄 모른다'는 옛말이 요즘처럼 와 닿는 때가 없다. 그만큼 인터넷 게임이 재미나긴 재미나다. 그렇기 때문에 어릴 때부터 아이들이 인터넷에 빠지지 않도록 번거롭더라도 부모가 철저하게 관리해줘야 한다. 어느 정도 컸을 때 필요한 경우에만 절제하여 사용할 수 있도록 아이에게 이유를 잘 설명해주자. 가능하면 아이가 성인이 되기 전까지 마음대로 인터넷을 사용하지 않도록 단속하기를 권한다. 그렇게 해서라도 어릴 때는 책 읽기나 다른 운동에 익숙해지게 만들고, 세상에 나갈 준비가 다 된 이후에 자율을 줘도 충분하다. 시대에 뒤떨어지면 어떻게 하느냐고? 겁내지 말자. 그런 건 아이 성장의 필수 요건이 아니다. 말이 쉽지 그걸 어떻게 관리해주느냐고 묻는 사람들에게는 오히려 되묻고 싶다. 그럼 애 키우는 게 쉬울 줄 알았나?

마지막으로 묻고 싶다. 아이들이 어떤 TV 프로그램을 보는지, 인터넷으로 무엇을 보고 있는지 확인해본 적이 있느냐고. 아마 한 번도 확인한 적이 없는 사람이라면 지금 당장 인터넷 기록을 체크해보라. 유해한 내용을 너무나 쉽게 접할 수 있다는 사실에 놀랄 것이다. TV 프로그램의 연령 제한도 유명무실하다. 같은 프로그램을 인터넷으로 얼마든지 볼 수 있고, 케이블 TV에서도 재방송을 수시로 하기 때문이다. 게다가 요즘 영화는 왜 그리 잔혹하고 선정적인지. 굳이 들어갈 필요 없어 보이는 잔인하고 외설적인 장면이 넘쳐난다. 세상이 점점 각박해져서 그런 걸까?

문제는 폭력적인 영화나 성인용 유튜브를 보고, 그대로 따라 하는 아이들이 있다는 것이다. 사회적으로도 문제다. 아이들이 했다고 하기에는 너무나 극악무도한 사건들이 연일 매스컴을 통해 보도되고 날이 갈수록 그 정도가 심해진다. 중학생들이 친구의 손발을 테이프로 묶고 몽둥이로 무차별하게 때리며 욕설을 하는 것이 어찌 가능한지 모르겠다. 예전엔 그저 깻잎머리를 한 짧은 교복 치마를 입은 아이들이 남자 친구를 사귀는 정도가 탈선의 전부였는데 말이다.

성인이야 유명한 폭력 영화나 인터넷상에 올라오는 엽기적인 상황들이 허구인지, 봐도 되는 건지 구분할 수 있지만, 아이들은 무차별적으로 마구 접하고 있다. 어떤 아이들은 그런 상황이 일상적이라 착각하고 흉내를 낸다.

성적인 문제는 말할 것도 없다. 초등학생들이 비어 있는 집에서 성관계를 맺는 흉내를 냈다가 걸려서 부모를 기함하게 했다는 이야기도 들었다. 아예 고등학생이 되면 피임 도구를 사줘야 한다는 주장까지 나오고 있어 가치관의 혼란이 온다. 우리의 미래가 두렵게 느껴질 정도다.

요즘에는 어디를 봐도 4차 산업혁명 시대를 운운하며 온통 흥분하는 소리뿐이다. 아날로그 시대를 살아온 나로서는 도대체 뭐가 바뀌었다는 것인지, 앞으로 얼마나 변한다는 것인지 도통 감이 잡히질 않는다. 하지만 아무리 세상이 바뀌어도 '사람은 따뜻하고, 건강해야 한다'는 가치는 변하지 않을 것이다. 그리고 변해서도 안 된다. 몸도 마음도 건강할 때 행복도 맞을 수 있으니까.

힘들겠지만 내 아이에게 건강하고 진정한 행복을 물려주자. 아이가 조용히 혼자 논다고 좋아하지 말고 지금 TV를 끄고 함께 나가자. 스마트폰도 집에 두고 아이와 함께 배드민턴이라도 한 판 치는 건 어떨까?

## 화면이 아닌 세상과 놀아보기

볕 좋은 어느 주말 오후, 신도시 주변의 분위기 좋은 전원 카페에 갔다가 어느 부모와 다 자란 남매 둘이 함께 차를 마시러 온 것을 보았다. 어찌나 보기 좋던지, 나도 지연이 다 크면 저 가족처럼 다 같이 놀러 와야지 하고 마음을 먹었더랬다. 그 기분도 잠시 가족은 안으로 들어와 마실 것을 시킨 후, 테이블에 앉자마자 각자의 스마트폰을 손에 들었다. 그러고는 서로 대화도 없이 스마트폰에만 열중하는 게 아닌가?

모처럼 가족이 교외로 외식을 나왔음이 분명한데 서로 말 한마디 않고 부모건 자식이건 각자의 스마트폰 세상에서 나오지 않고 몸만 같은 테이블에 앉아 있었다. 그때도 그랬지만 여전히 나에게는 낯선 광경이다.

어느 날에는 라디오를 듣고 있는데 한 가수가 자신의 콘서트에서도 관객들이 공연을 맨눈으로 보지 않고 스마트폰을 들고서 그

것을 통해 보더라고 말했다. 기념으로 남기기 위해서 또는 소셜 미디어에 올리려는 목적으로 촬영하는 거였을 테지만, 정작 촬영하느라 실제 공연은 맨눈으로 즐기지 못하더라는 것이다. 그 가수는 관객들에게 공연을 스마트폰 화면 속이 아닌 감성으로 즐겨달라고 호소했다.

라디오를 듣는 순간, 그럴 수 있을 것 같았다. 우리도 여행을 떠나 멋진 풍경을 만나면 눈과 가슴으로 느끼기 전에 스마트폰부터 들이대지 않는가. 이쯤 되면 우리 모두 '화면 중독'에 빠져 있는 게 아닐까?

예전엔 '바보상자'라 부르며 너무 가까이하는 것을 경계하던 TV는 기본이고 요즘 애들은 TV를 보면서도 컴퓨터, 태블릿 PC, 스마트폰을 한다. 온종일 모니터만 쳐다보는 셈이다. 손가락만 움직이면 저절로 움직이며 우리를 재밌게 해주는 만능 화면이다.

곰곰이 생각해보자. 왜 TV를 바보상자라고 했는지. 우선 멍하니 앉아서 뚫어지라 쳐다보며 시간을 보내기 때문이다. 가끔은 입도 벌어져 있다. 책을 읽을 때는 내용을 이해하기 위해 상상하면서 장면을 그려본다. 하지만 화면으로 접하는 세상은 이런 상상력이 필요 없고 원초적인 반응만 하면 된다. 그래서 바닥을 기어 다니는 아이도 울지 않고 한참을 빠질 수 있는 것이다.

몸을 써서 놀 때는 오감을 통해 상황을 느낀다. 그 과정에서 순서와 규칙을 생각하고, 문제를 해결함으로써 뇌를 훨씬 더 많이 쓰고 단련시킨다. 상상력이 필요 없는 화면의 일방적인 전달과는 차원이 다르게 아이들을 성장시킨다. 이 '바보상자'들을 어떻게 하면 멀리할 수 있을까?

얼마 전 직장 후배의 집에 갔다가 눈이 휘둥그레졌다. 거실이 마치 도서관 같았기 때문이다. 어느 집과 달리 거실 한쪽 벽면 전체에 책장을 짜 넣고 가족의 책으로 가득 채워서 TV 놓을 자리가 아예 없었다. 유치원에 다니는 아들을 위하여 부부가 일찌감치 결정한 인테리어 콘셉트였다. 그 집 아들은 어려서부터 TV 없이 자라다 보니 유치원을 다녀오면 자연스레 장난감을 가지고 놀거나 책을 잡고 읽으며 상상의 나래를 펼치고 세상을 접했다.

아이는 책 읽기를 좋아하게 되었고, 덕분에 또래 아이들보다 아는 상식도 훨씬 많았다. 아이는 어디 가서든 늘 발표하기 좋아하고 주변 친구들에게 똑똑하다며 인기가 제법 좋단다. 무엇보다 아이의 자존감이 높았다.

아이는 새로운 것을 그리 두려워하지 않았다. 물론 주저함도 거의 없고 호기심도 많아서 어느 것 하나 궁금해하지 않는 것이 없었다. 학습이나 놀이에서 실패해도 쉽게 좌절하지 않았고 흔쾌히 재도전했다. 혼이 나거나 친구들과 다투어도 먼저 손을 내밀었다. 잘못을 지적받으면 속상해하긴 했지만, 또래답지 않게 이해력이 빠르고 잘못을 고치려고 노력했다.

가끔은 이렇게 TV가 아예 없는 가정을 보곤 한다. 대부분 아이를 위하여 부부가 과감히 라이프스타일을 바꾼 것인데 불편함을 감수하면, 아이에게는 기적이라 할 만큼 놀라운 긍정 효과가 있다.

물론 밖에서 또래 아이들이 스마트폰으로 노는 것을 보면 아이는 부러워하며 사달라고 한단다. 하지만 이 부부는 그때마다 아이가 잘 알아듣도록 설명해주고, 나처럼 대학에 가면 사줄 거라 말해준다. 호기심이 많아서 하나하나 다 알아야 직성이 풀리는 그 꼬장꼬장한 아이가 얼마나 꼬치꼬치 이유를 물어봤을지 상상이 간다.

두 번째 방법으로는 또래 아이들과 정기적인 모임을 만드는 것이다. 옛날이야 따로 약속을 잡지 않아도 시간만 되면 골목이나 옆집 친구네 가서 놀았지만, 요즘엔 학원에 가야 친구를 만들 수 있다고 얘기할 정도로 친구와 어울리는 게 쉽지 않다. 이게 비단 소수의 문제일까? 어쩌면 우리는 모두 같은 고민을 하지만, "요즘 애들은 다 그래요"라는 말과 '남들도 다 그러니까 괜찮겠지' 하는 생각으로 현재 상황을 변명하고 있는 것일지 모른다.

주변에 비슷한 형편의 아이를 모으고 시간을 정해서 적어도 초등학교 저학년까지는 또래 친구들과 정기적으로 만나서 놀 수 있도록 해주는 것은 어떨까? 학습 학원만 보낼 게 아니라 운동 학원, 놀이 학원같이 또래와 어울리고 몸을 쓸 수 있는 학원에 보내는 것도 방법이다. 이렇게 하면 아이가 집 안에서 인터넷을 보지 않고도 홀로 시간을 보내는 것에 지루함을 느끼지 않는다. 무엇보다 형제가 없다면 부모가 적극 나서서 아이가 좋아하는 놀이를 같이하거나 자연을 가까이하는 기회를 만들어줘야 한다.

요즘 아이들은 학교가 끝나면 학원에 가서 수학과 영어는 물론, 역사와 논술까지 수험생 못지않게 섭렵하고 집으로 돌아온다. 나 같아도 집에 오면 지쳐 숙제 이외에는 책을 쳐다보기도 싫을 것 같다. 아이가 학원에서 돌아올 때는 너무 늦은 시간이라 나가 놀 수도 없으니 TV를 보고 인터넷을 하며 머리를 쉬고 싶은 게 당연하다.

그리고 일단 재미가 있으니 빠져든다. 엄마 아빠가 뭐라고 해도 귀에 들어오지 않아 대화는 점점 단절된다. 부모가 시킨 일은 다 했으니까 이 시간만큼은 자기 마음대로 하도록 놔두라는 무언의 항쟁이다. 아이가 안쓰러워서, 혹은 부모가 피곤해서 대수롭지 않게 여기고 방치했더니 아이는 크면서 점점 자기만의 세계에서 나오지 않게 된다. 지인의 사례처럼 문제가 심각해진 이후에도 그 원인을 알 수 없어 속상해할 수밖에 없다.

세 번째는 생활습관 만들기다. 가장 어렵지만 확실한 방법인 용돈 관리 시스템으로 나는 아이의 생활습관을 잡았다. 앞서 말한 것처럼, 지연도 화면 중독이었다. 인터넷으로 웹툰을 보지 않으면 게임을 했고, 게임이 질리면 TV를 봤다. 책은 만화 위주로 보았는데 그 내용도 제대로 기억하지 못했다.

제일 먼저 모질게 마음먹고 컴퓨터에 비밀번호를 걸어 막았다. TV도 보지 않도록 용돈 점수에 벌점 항목으로 집어넣었다. 그리고 책 읽기를 과제로 내줬고, 책을 읽으면 용돈 점수를 줬다. 비록 내가 회사 일을 보느라 집에 없더라도 학교와 영어 학원을 다녀온 뒤에 숙제를 하고 책 읽기까지 끝내려면 TV 볼 시간이 없었다. 그럼에도 습관이 된 바람에 아이는 무 자르듯 TV를 끊진 못했지만, 꽤 많은 벌점을 받은 후부터는 TV에서 차츰 멀어졌다. 초등학교 6학년쯤 되니 TV를 틀어놓아도 딱히 관심을 가지지 않았다.

평소 책상 정리나 옷 정리는 본인이 하게 하고, 허리 근육 강화 운동을 매일 시키며 몸 쓰는 시간을 늘렸다. 형제가 없으니 주말이면 또래인 조카와 시간을 보내게 했고, 만나면 자전거를 함께 타거나 배드민턴을 치는 등 다양한 운동을 하게 했다. 화면을 멀리하며 생활하는 습관을 들이기 위함이었다.

엄마들은 반 아이들끼리 하는 단체방에 들어가지 않으면 왕따라도 당할까 봐 걱정된다며 어쩔 수 없이 아이 손에 스마트폰을 쥐여준다. 하지만 메신저 어플리케이션 속 단체방에서 아이들이 무슨 대화를 나누고 있는지 알면 기가 찰 것이다. 밤 한두 시까지 단체방 안에서 벌어지는 대화라는 것이 허접한 수다에 신변잡기투성이고, '급식체(급식을 먹고 크는 세대가 사용하는 유행어로 대부분이 인터넷 용어나 줄임말이다)'에 욕설이 끊임없이 오간다. 스마트폰은 아이의 교육과는 상관없고, 생각보다 안 하는 아이도 많으니 그 걱정은 안 해도 된다.

나는 지연이 쓰는 폴더폰도 중학교 이후로는 아이가 방에서 공부할 때는 방 밖에서 충전하게 했다. 폴더폰도 전화와 문자는 되니 책상에 놔두면 수시로 친구들이 보내는 문자메시지나 전화로 공부의 흐름이 자주 끊겼다. 당연히 집중력이 떨어졌다. 그래서 아예 폴더폰을 방에서는 못 쓰게 했고, 정해진 공부 시간을 채운 뒤 쉬는 시간이 되어 방에서 나오면 확인하게 했다.

잘 때도 스마트폰을 밖에 두면 아이들이 늦은 시간까지 잠을 안 자고 잠자리에서 마냥 스마트폰에 빠지는 것을 방지할 수 있다. 이때도 중요한 것은 아이들에게 무조건 스마트폰을 못 하게 하지 말고 '스마트폰에 매이지 않는 연습'을 하는 것이라 인식하게 해야 한다. 그게 사실이니까.

마지막으로 요금까지 신경 썼다. 약정한 금액 이상으로 요금이 나오면 추가 금액을 지연이 받은 용돈으로 내게 했더니, 놀랍게도 다음 달부터 당장 사용량이 줄어들었다.

마지막으로 아이와 부모 모두 '바보상자'들을 왜 멀리해야 하는지 그 이유와 목적을 정확하게 인지해야 한다. 그러기 위해서는 아이가 공부에 집중해야 하는 시기가 되기 전까지는 재능을 발견하기 위해 다양한 경험을 해봐야 한다. 캠핑이나 체험 농장을 가거나 하다못해 동네 공원이라도 자주 가서 아이가 자연과 교감할 수 있게 해주자. 그 과정을 통해서 아이는 화면으로 절대 느낄 수 없는 생명과 자연의 원리를 습득할 수 있다. 이렇게 습득한 것은 온몸에 각인되어 감성이 풍부한 아이로 자랄 수 있다. 아이 교육에 큰 보탬이 됨은 물론이고 화면에 빠져 아이의 몸과 마음이 시들지 않게 할 것이다.

작심삼일이라는 말처럼 관성의 법칙은 너무나도 절대적이어서 습관은 쉽게 고쳐지지 않는다. 완전히 바뀌었다고 생각해도 잠깐 원래의 생활로 돌아가면 또 그렇게 행동하기 시작하는 게 인간이다. 그러니 원상태로 돌아가지 않도록 누군가 옆에서 잡아주고 확인해줘야 한다. 그것이 부모의 역할이다.

돈을 아낌없이 투자하는 것이 아이에게 가장 좋은 거라고 생각하지 말고, 함께한 시간을 아이가 오래 기억할 수 있도록 도와주자. 아이들은 화면이 아니라 몸과 가슴으로 세상을 배워야 한다.

# 5장

×

# 아이는 엄마가 아는 것보다 훨씬 강인하다

## 아이는 각자 다른 재능을 타고난다

내가 처음 만난 열 살의 지연은 순하고 착한 아이였지만 분명 수동적인 아이였다. 눈에 띌 정도로 잘하는 것도 좋아하는 것도 없는 그런 아이. 그때를 떠올리면 무기력하게 앉아 멍하니 TV를 보던 지연의 뒷모습이 기억난다. 아이의 뒷모습을 보며 고민했다. 과연 우리 지연은 정말 잘하는 게 없는 걸까?

당시에는 학교 성적도 좋지 않아 공부에는 재능이 없나 보다 했다. 그래도 사람은 태어날 때 자기가 먹고살 것은 갖고 나온다고 하지 않던가. 무엇이라도 재능 하나쯤은 숨어 있을 거란 믿음으로 아이가 어떤 것에 흥미와 능력이 있는지 알아보기 위해 다양한 시도를 해봤다.

첫 번째로 아이에게 하고 싶은 거나 되고 싶은 게 있는지 질문해봤다. 파티셰나 요리사를 해보고 싶다기에 집 근처 케이크 전문점에서 진행하는 '케이크 만들기' 프로그램에 함께 등록했다. 프로그램에 참여한 지연은 케이크 시트에도 크림을 대충대충 바르고, 귀여운 설탕 장식도 성의 없이 턱턱 붙이고는, 슈거파우더를 마구 흩뿌리더니 돌아섰다. 케이크를 예쁘게 장식해야겠다는 의욕이 아예 보이지 않았다. 한 달 정도의 과정을 마치고 나오며 생각했다.

'그럼 이건 아니로군.'

그다음으로 학교 과목 중에 제일 재미있는 것이 미술이라기에 근처 미술 학원에 등록했다. 본인도 처음엔 열의가 있었고 선생님도 또래보다 잘하는 편이라고 해서 이번에는 내심 기대했었다. 몇 개월 지나자 영 시큰둥하더니 생각만큼 재미있지 않단다. 지연은 그림을 그리는 게 재밌어서 학원에 다녔지만, 고학년이 되면 아이들은 입시 미술 위주의 훈련을 받았다. 그러니 재미없을 수밖에. 그래도 선생님의 평가가 나쁘지 않아 좀 더 다니게 했는데 1년쯤 다녔을까? 지연은 날 붙잡고 진지하게 미술을 계속하고 싶지 않다고 했다. 그렇다면 이것도 아니었던가.

아이를 관찰해보니 노는 건 좋아했지만, 운동에 관련해서는 실력도 관심도 없었다. 미술이 아니면 음악인가 싶어 피아노 학원도 기대를 해봤는데 학원 선생님으로부터 아이가 연습에 집중을 못하고 의욕이 없다는 전화를 몇 번 받은 뒤 고심 끝에 체르니를 마치지 못했지만, 그만두게 했다. 음표는 읽을 줄 알게 되었으니 그거면 됐다는 생각에서였다.

예술, 체육 쪽에 재능이나 관심이 없는 건 확실했다. 아이의 진로는 아직 찾지 못했지만, 세상을 그나마 제대로 살아가려면 어떤 분야든 배움의 길은 가야겠기에 가장 기본인 독서를 습관화하려고 노력했다. 수학도 기본은 따라가야 한다는 마음으로 동네 수학학원을 보냈다. 놀랍게도 수학 실력이 곧 나아지며 효과가 눈으로 보이기 시작했다. 설마 하는 생각이 들었다.

아이에게 공부 재능이 있다는 걸 확신한 결정적 순간은 초등학교 4학년 겨울방학 때 보냈던 영어캠프의 수료 결과를 보고 난 직후였다. 지연이 다양한 경험을 했으면 하는 의도로 보내봤는데 처음 들어갈 때 전체 인원 중 거의 바닥 수준으로 들어간 아이가 마칠 때는 우수상을 받으며 수료한 것이다. 3주 만의 기적이었다. 지연은 당시 캠프에 참여한 아이 중 가장 성적 변화 폭이 큰 아이였다.

우리 부부는 결과를 받아 보고 적잖이 놀랐다. 지연도 자신이 무언가 잘하는 것이 있다는 깨달음과 노력하면 성취할 수 있다는 자신감을 처음으로 얻었다. 이 사건은 아이에게나 우리에게나 커다란 변곡점이 되었다. 그렇게 오랫동안 영어 유치원과 학습 학원을 보냈어도 아이의 단어 수준이 형편없었기에 우리는 아이에게 공부머리가 없나 보다 여겼었다. 이제야 생각해보니 아이의 능력 부족이라기보다 아무도 아이의 학습 상황에 관심을 기울이지 않은 탓이었다.

영어캠프 결과에 힘입어 그 겨울부터 정해진 분량의 영어 단어와 한자를 외우게 하고 주말이면 시험을 치렀다. 공부 습관을 들이려고 시도한 것이었는데 이렇게 3년 정도 매주 빠지지 않고 단어 시험을 봤더니 결과는 탁월했다. 현재 지연은 중국어 전공으로 외국어 고등학교에 재학 중이니까.

사실 아이와 함께한 초반에는 지연의 캐릭터가 잘 잡히지 않아 의문투성이였다. '이런 아이'라고 말할 수 없을 만큼 성향이 들쑥날쑥했다. 분명 머리가 나쁜 것도 아니고, 숙제도 성실히 했는데 성적이 안 좋았다. 노는 걸 좋아하지만 대인관계에 소극적이었고, 말하는 것을 좋아하지만 수줍음이 많았다. 유순한 아이인데 궁지에 몰리면 남의 핑계를 대거나 작은 거짓말을 했다. 쉽게 분석이 안 되는 '미스터리 걸'이었다.

지연이 중학교 1학년이 되었을 때 적성검사를 할 기회가 생겼다. 검사 결과지를 보고 유레카! 그동안 풀리지 않던 아이의 성향을 짐작할 수 있었다. 아직도 적성검사 결과지 중 문구 하나가 기억에 남는다.

"이 사람은 자기의 목표를 스스로 이루기 어려운 성향의 사람입니다."

그 외 눈에 띄었던 것은 예상했듯 '인내심이나 자제력이 부족하다'라는 것과 '자기 만족이 높다'는 것이었고, 우울증 같은 심리적 문제는 다행히 없었다.

아이와 함께 결과지를 보면서 본인의 소감을 물어봤다. 지연은 작지만 또렷한 목소리로 자기 성향과 잘 맞는 것 같다며 자신도 일부 안 좋은 성향들은 고치고 싶다고 덧붙였다. 나는 그동안 분석한 지연의 문제점과 검사 결과의 상관관계를 설명해줬다. 그리고 앞으로 어떤 노력을 해야 하는지 알려주며 진지하게 대화했다.

"지연아, 너에게는 멋진 사람이 되고 싶다는 욕구는 있지만, 자제심이 부족하고 끈기 있게 노력하지 못하니 결과가 늘 마음에 안 들었던 거야. 그러고는 결과를 남에게 그대로 보여주기가 겁이 나니까 말을 돌렸던 것이지. 멋진 사람이 되고자 하는 것은 좋은 성향이야. 다만 목표를 분명히 세우고 그에 맞는 노력을 해야 해. 또 그 결과가 어떤 것이든 받아들일 줄 알아야 하고. 쉽지 않겠지만, 이제부터 노력하면 멋진 사람이 될 수 있다고 나는 믿어."

그날 밤 우리 부부는 결과지를 보며 아이가 어느 정도 궤도에 올라 혼자서 갈 수 있을 때까지는 참을성과 자제심을 기르도록 도와줘야 한다는 결론에 도달했다. 자기 성향에 대해 객관적으로 바라본 이후 오히려 아이는 자기 발전에 속도를 낼 수 있었다.

내가 이 이야기를 길게 하는 이유가 있다. 아이가 어릴 때부터 어떤 분야에 특출난 재능을 드러낸다면 매우 다행이지만, 대부분의 아이가 그렇지 못하다. 문제는 부모에게 인내심이 부족하다는 것이다. 그래서 아이가 원하지 않는데도 무조건 공부나 예체능으로 일단 밀어 넣는다. 아이의 흥미와 재능이 어디에 있는지 자세히 살피고, 시도하고, 실패하는 과정을 반복하며 여러 방법으로 찾아봐야 하는데 말이다.

하워드 가드너(Howard Gardner)의 '다중지능이론'에 따르면 사람의 지능은 매우 다양한 분야로 나뉘어 발달해 있고 사람마다 강점 지능이 있다고 한다. 즉 누구나 선천적이거나 후천적인 관심과 노력으로 발전시킨 각자의 재능이 있다는 것이다. 이 재능을 찾아내 최적화시키는 것이 아이에게 가장 바람직한 방향을 제시해주는 것이므로 부모는 내 아이에게 어떤 강점이 있는지 또 어느 부분이 취약한지 세세하게 파악하고 보완해줘야 한다.

그러려면 몇 가지 준비할 사항이 있는데 그 첫째가 적성검사, 지능검사, 성격유형검사와 같은 객관적인 지표를 체크해보는 것이다. '뻔한 소리 한다' 혹은 '검사 자체가 무의미하다'고 생각하는 사람들이 있는데 이것만큼 아이의 성향을 객관적으로 파악할 수 있는 기초자료가 없다. 이를 바탕으로 공부, 운동, 예능 등을 골고루 시켜보면서 아이의 재능을 찾아봐야 한다. 요즘에는 학교가 아니라도 인터넷으로 얼마든 할 수 있으니 시켜보자.

둘째, 아이와 대화를 통해 본인의 선호도와 목표에 대한 진지함을 파악해서 방향을 잡아야 한다. 주의해야 할 것은 아이가 좋아서 결정한 방향이라 해도 도전하는 과정에서 아이가 지칠 수 있고 꿈이 바뀔 수 있다는 것이다. 그럴 때마다 방향이 맞는지, 그 분야를 계속하고 싶으나 지친 것인지 인내심을 가지고 확인해야 한다. 만약 노력하는 과정에서 지친 거라면 부모는 아이 스스로 어려움을 극복하고 재도전할 수 있도록 독려해야 한다. 만약 진심으로 진로를 전환하고 싶어한다면 같이 고민해줄 필요가 있다. 이때 한우물만 파야 한다는 둥 잘못된 예단을 한다면 아이가 위축될 수 있다는 것을 기억하자.

아이들은 모두 다른 성향과 재능을 가지고 태어난다. 그래서 아무리 부모가 특정 방향으로 끌고 가려 해도 아이의 적성과 맞지 않으면 성공하기 어렵고, 아이 본인의 행복지수도 낮아진다.

그렇다고 급한 마음에 너무 어린 나이부터 방향을 찾으려고 아이를 혹사하는 것도 금물이다. 여유를 가지고 초등학교 6년 내내 다양한 시도를 해보는 것이 바람직하다. 중학교 입학 이후에 진로를 찾아가는 아이도 많으니 끈기를 가지고 도와줄 필요가 있다.

마지막으로 '누구는 이렇게 한다더라'라는 얘기를 듣고 무조건 따라 해서는 안 된다. 만약 지연이 욕심 많고 남에게 지기 싫어하는 성향의 아이였다면 나는 용돈 점수표에 주말 단어시험까지 봐가며 지도하지 않았을 것이다.

반면 지인의 딸아이는 유치원을 다니던 중 감기에 걸려서 유치원에 하루 못 갔는데 마침 그날 수업에서 다른 아이들이 구구단을 배웠단다. 다음 날 유치원에 가보니 다른 아이들은 전날 배운 구구단을 외우는데 이 아이는 몰라서 따라 할 수가 없었다. 그날 집에 돌아온 아이는 회사에서 늦게 돌아온 엄마에게 내일 일찍 일어나 구구단을 가르쳐달라고 울면서 이야기했다. "그러마" 하고 잠들었는데 새벽 6시에 먼저 일어난 아이는 구구단을 외우자고 엄마를 깨웠다.

이런 아이는 남에게 지기 싫어하는 성향이기 때문에 다그칠 필요가 없다. 오히려 지나치게 경쟁하지 않도록 여유를 갖고 노력하도록 방향만 잘 잡아주면 된다.

반대로 지연은 경쟁을 좋아하지 않는 성향을 타고났으므로 자신이 노력해야 무언가 얻을 수 있고 나아질 수 있다는 분위기를 조성해줄 필요가 있었다. 부족한 인내심을 기르기 위해 아이가 무언가를 잘못했을 때는 엎드려뻗쳐와 같은 벌을 줘서 정신적인 지구력을 기르게 했다. 그 또한 아이를 단단히 만드는 과정이라고 믿었고 실제로 지연은 힘든 시간을 견디며 생애 처음으로 끈기라는 것을 길렀다.

아이의 성향이 파악됐다면 전문기관 등 여러 경로를 통해 내 아이에게 맞는 교육 태도가 무엇인지 적극적으로 알아보고 교육 방향을 정하라고 권유하고 싶다. 이런 전문가의 조언은 아이의 강점을 효율적으로 발전시키는 데 도움이 된다.

백 명의 아이는 백 가지 색으로 태어난다. 한 배에서 태어난 형제나 심지어 쌍둥이도 다 다르지 않은가. 그 색이 무슨 색인지 알려면 때론 엄마의 입장에서가 아니라 제3자의 눈으로 냉정히 봐야 할 필요가 있다. 그래야 아이의 교육 방향을 파악할 수가 있다.

아마도 내가 팔쥐 엄마인 덕분에 아이를 냉정히 판단할 수 있었던 게 아닐까 가끔 생각한다. 그렇다면 팔짜 엄마가 되어보는 것도 그리 나쁘지만은 않은 것 같다.

## 세상의 기준에 맞춰 모두 똑같이 살아야 할까

지금 지연의 꿈은 세계경제와 무역을 공부해서 국제적인 경제인으로 성공하는 것이다. 하지만 앞서 말한 것처럼 처음 만났을 때의 지연은 공부에 관심도 없고 결과도 좋지 않아 공부 쪽은 반쯤 포기했었다.

우연한 기회에 아이의 가능성을 발견한 뒤, 스스로는 터득할 수 없는 학습 방법을 알려주고 학습 결과를 챙겨주니 아이는 예상외로 성과에 만족하며 노력하는 모습을 보였다. 사실 우리 부부는 아이가 공부를 못해도 된다고 생각했다. 공부가 아니라도 무엇이든 자기가 하고 싶고, 끝까지 할 수 있는 일을 찾아서 노력하기를 원했다. 그게 지연에게는 공부였을 뿐이다.

과거에는 성공의 길이 공부밖에 없었다. '사'자 들어가는 직업이 최고의 대접을 받았고, 그만큼은 아니어도 대기업이나 은행에 들어가면 성공이 반 이상 보장된다고 생각하던 시절이었다.

물론 이러한 생각은 지금도 크게 변하지 않았지만, 오늘날에는 분명히 달라진 게 있다. 공부로만 도달할 수 있고, 사회적으로 성공했다고 인정받는 직업군 외에도 자기 만족을 느끼며 살 수 있는 다양한 직업군이 생겼다는 것이다.

우선 분야에 상관없이 한 분야에서 성공하면 존경과 찬사를 받는다는 게 가장 크게 달라진 점이다. 예전에는 아무리 한 분야에서 유명세를 얻어도 '사'자가 들어가지 않으면 인정받기 어려웠다. 하지만 요즘에는 운동도 세부 분야마다 각자의 자리에서 최선을 다하고, 결과를 얻어내면 성공과 존경이 뒤따른다. 골프나 농구, 야구뿐 아니라 빙상, 역도 선수들이 그렇고 선수로 뛰지 않는 개인 트레이너들도 요즘은 각광받는 직업이다.

TV를 켜면 과거에는 드라마 탤런트나 노래하는 가수 정도만 주목을 받았다면 요즘은 다양한 루트를 통해 예능인이나 아이돌로 성공 가도를 달리는 사람들이 늘어났다. 인터넷의 발달로 방송의 영역이 대한민국에만 국한된 것이 아니라 세계 구석까지 미치기 때문에 BJ(Broadcasting Jockey, 인터넷 방송인)라는 직업도 주목받고 있다. 다채로워진 미디어 사업 덕분에 BJ도 여러 분야에서 활약이 가능해졌으니 콘텐츠가 확실하고 거기에 노력을 더하면 현실적으로 성공할 수 있다. 여기서 말하는 성공은 부의 축적만 이야기하는 것이 아니라 본인의 만족도 또한 고려한 것이다.

만화를 잘 그리면 웹툰 작가로 여러 플랫폼에서 자신의 작품을 서비스할 수 있다. 요리를 좋아하면 예전에는 유학을 가거나 식당에 취직해서 사사하는 게 유일한 길이었다면, 이제는 요리 블로거나 요리 유튜버로 세상에 알려질 수 있다. 분명 예전에는 인정받지 못하거나 아예 없었던 직업군들이다. 학벌이 아닌 재능과 노력으로 이루어진 새로운 분야다.

얼마 전 다녀온 'DIY 핸드메이드 박람회'에서 재주 많고 무엇보다 용기 있는 청년들을 보았다. 그들을 보며 세상이 진화하고 있다는 생각을 했다. 과거처럼 절에 들어가 고시 공부를 하지 않아도 만족도가 높은 직업을 찾을 수 있는 세상이 온 것이다.

물론 자녀들이 새로운 직업군을 꿈꾼다고 말하면 부모들은 여전히 겁부터 덜컥 난다. '사'자와 대기업이 최고인 세상에서 자란 부모들에게 이런 직업군은 생소한 데다 너무나 불안정해 보여서 아이의 미래를 보장해줄 수 없을 것 같기 때문이다.

너무나 유명한 사례지만, 지금은 세계에 이름을 알린 가수 싸이도 부친의 극심한 반대에 부딪쳤다고 한다. 아버지의 기업을 물려받는 탄탄대로의 길을 놔두고, 성공이 보장되지도 않는 불안정한 가수를 한다고 하니 어떻게 반대하지 않을 수 있겠는가?

나 또한 공부가 아닌 다른 직업군은 여전히 불안하다. 많은 부모가 같은 마음에서 아직도 공부에 목숨을 건다. 화이트칼라 지상주의에서 벗어나지 못한 탓이다. 그러다 보니 고등학교를 졸업하기만 하면 수험생 대부분이 대학에 들어갈 수 있을 정도로 대학이 늘어났다. 내가 어릴 때만 해도 4년제 대학교 진학률이 30%대였는데, 요즘은 70%대까지 올랐단다. 많이 배우는 것은 좋으나 요즘 같이 대기업 채용률이 현저히 낮아진 상황에서 대학 졸업은 큰 변별력이 없다. 일명 명문대를 나와도 대기업 낙오자가 생기고 취업 준비생을 양성하는 세상이다. 또 학벌이라는 체면 때문에 아무 직장이나 들어갈 수 없다는 경향도 생겼다. 교육 문제, 사회 구조적 문제까지 중첩되어 취업 준비생 숫자는 2017년 최고치를 기록했다. 고학력 실업률도 최고치를 경신 중이다.

이런 상황에서 취업 준비생들은 스펙 경쟁에 내몰리는 중이다. 어학연수, 토익, 학점 등을 일컬었던 '스펙'은 점점 더 과열되어 학벌, 학점, 토익, 어학연수, 자격증 외에 봉사, 인턴, 수상경력과 같은 8대 스펙도 옛말이 된 지 오래다. 벼랑 어디쯤까지 아이들을 내몰 것인가?

그래서 요즘에는 4년제 대학도 4년 만에 졸업하는 아이들이 극히 드물다. 한 지인은 자녀가 미대를 졸업하며 졸업 작품전을 한다기에 가보니 4년 만에 졸업하는 사람이 자기 아이 하나뿐이었다고 한다.

벼랑 끝에 내몰린 취업 준비생들은 고등학교 3학년 시절이 오히려 행복했다고 자조적으로 이야기한다. 차마 지연에게 이 얘기는 해주지 못했다. 수학능력시험만 보면 모든 게 달라질 거라 믿는 아이에게 찬물을 끼얹을까 우려돼서다.

몇 년 전, SBS에서 〈학교의 눈물〉이라는 다큐멘터리를 방영한 적이 있다. 거기에서는 이른바 '일진'이라는 아이들을 재조명했는데, 우리 때와는 다른 놀라운 변화가 있었다. 예전의 일진들은 가정 형편이 어렵고 공부도 못 하는 아이들이었다면, 요즘 일진들은 부유한 집안에 성적도 최상위권이었다. 그중에는 선도부도 있었고 전교 회장도 있었다. 하지만 그들의 행위는 우리 때보다 더 악랄하고 잔인했다. 그런데도 부모들은 하나같이 입을 모아 "우리 애는 착한데, 친구를 잘못 사귀어서", "우리 애가 공부는 잘하니 한 번만 봐주세요"라고 애걸했다.

아무리 성적이 중요하다 해도 자식의 이런 잘못을 눈감아주다니 참담한 심정이다. 좋은 성적이나 사회적인 성공보다 사람의 도리를 먼저 알려주는 것이 부모의 역할 아니던가. 하지만 요즘 부모들은 아이들이 설혹 큰 잘못을 했더라도 성적이 좋으면 잘못을 따지지 않고 대충 넘어가준다. 성적보다 더 중요한 올바른 가치관을 오히려 부모가 흔드는 것이다.

지금 그 다큐멘터리에 나온 아이 중 몇몇은 명문대에 들어가거나 누군가는 이미 '사'자 직업을 가졌을 수 있다. 이런 아이들이 판검사가 된다면, 무슨 판결을 내릴 것인가? 이런 아이들이 의사가 된다면 환자에게 어떤 마음을 품고 진료할 것인가?

지연이 중학교 2학년 때 화장에 집착하고 심각하게 나태해졌길래 본인의 진로를 진중히 고민해보라고 시간을 준 적이 있다. 며칠 뒤 자기 생각을 이야기하라고 하니까, 느닷없이 '비올라'를 해야겠다는 게 아닌가? 그때까지 비올라는 잡아본 적도 언급한 적도 없었다. 피아노도 관심이 없어 일찌감치 접은 아이가 어디서 비올라를 들은 건가 싶어 왜 갑자기 비올라를 배우려 하느냐고 물었다. 그러자 "공부가 재미없어졌는데 인터넷을 보니까 어느 대학생이 중학교 2학년 때부터 비올라를 배워 대학을 진학했다는 이야기가 있어서요"라고 하는 게 아닌가.

비올라가 하고 싶어서가 아니라 비올라로 대학 갔다는 소리를 듣고 공부보다 쉽고 재미있을 거 같아서 바꿔보고 싶다는 얘기였다. 기가 찼다.

"지연아, 아빠와 나는 수단과 방법을 가리지 않고 너를 대학에만 보내면 된다고 생각하지 않아. 너를 무조건 대학에 입학시키기 위해서 지금부터 한 달에 몇백만 원씩 들여 비올라 레슨을 시켜줄 생각도 없어. 더군다나 어느 것도 공부하는 노력만큼 들이지 않고 이룰 수 있는 것은 없다고 생각하거든.

공부가 하기 싫으면 언제든지 그만두면 돼. 대학 안 가도 살아갈 방법은 아주 많으니 네가 하기 싫으면 언제든지 그만둘 수 있어. 무엇이든 네가 선택하는 거고 그 결과도 네가 감당해야 하는 거야. 결론을 말한다면, 노력을 덜 하고 싶어서 비올라를 배우겠다는 청은 들어줄 수가 없단다."

우리는 분명히 얘기해줬고, 다니던 학습 학원도 두 달 정도 끊었다. 그제야 정신이 든 아이는 다시 공부로 승부를 보겠다는 결심을 했고 그렇게 비올라 사건은 마무리되었다.

비올라는 무조건 대학만 가면 된다고 생각해 아이가 내놓은 궁여지책이었다. 그런데 공부는 원치 않으면 안 해도 된다고 우리가 분명히 이야기해주니 현실을 직시하고 자신이 갈 방향을 다시 결정한 것이다.

어쩌면 '불행히'도 지연은 다른 분야가 아닌 공부라는 분야로 방향을 잡았다. 그리고 좋은 결과를 얻기 위하여 지금 있는 힘껏 노력하는 중이다. 하지만 아이가 독특한 분야에 관심을 두고 나름대로 노력했다면 우리는 그게 무엇이었든 적극적으로 지원해줬을 것이다.

잘나가는 연예 엔터테인먼트의 이사 중 한 명이 고졸의 아이돌 출신인 것을 보았다. 물론 그 회사 출신의 아이돌이긴 했지만, 학벌 중심인 과거에는 어림없는 소리다. 학벌이 아닌 실전 경험과 능력 위주의 인사 정책을 쓴 것이다. 우리나라의 대표 기업인 삼성전자에도 고졸 출신의 여성 임원인 양향자 상무가 있었다. 또 은행 임원의 33%가 고졸 출신이라고 하니 기업의 임원은 모두 대학을 졸업해야 한다는 법칙도 옛말이 된 지 오래다. 내가 다니던 회사만 하더라도 대학을 졸업하지 않은 임원이 몇 명 있었다. 그들에게는 남과 다른 특출난 재능이 있었고, 그에 못지않은 노력이 있었다.

가장 어렵지만, 무엇보다 확실한 '재능'이 중요해진 세상이 됐다. 세상의 기준이 바뀌고 있다. 4차 산업혁명 시대가 되면 자아실현이 더욱더 중요해질 것이다. 인공지능이 인간 대신 노동을 제공해준다면, 우리 인간은 호구지책이 아닌 자아실현 쪽에 무게를 두게 될 것이기 때문이다.

"사람은 누구나 남다른 사람이 되어야 한다." 미국 철학자 랠프 월도 에머슨(Ralph Waldo Emerson)이 한 말이다. 각자의 개성을 잘 살려서 남들과 조금은 다르게 살아가는 이들이 인정받는다는 말이다. 과거보다 다양함을 유연하게 받아들이는 요즘 세상에 각자의 재능을 살린다면 훨씬 만족스러운 인생을 살게 되지 않을까? 이제 우리 아이의 성향과 재능이 무엇인지, 아이가 무엇을 진심으로 노력할 수 있는지 열심히 찾아보고 도와주자. 아이의 학습 능력을 향상해주는 학원을 찾는 것보다 어쩌면 이것이 더 쉽고 확실한 길일지 모른다.

참 다행이다! 우리 지연이 다양한 가치와 기회의 시대에 태어나서.

## 격변하는 교육제도에도 흔들리지 않는 아이의 비결

내가 학교에 다니던 시절에는 중학교에 들어가서야 영어를 처음 접했다. 영어 교과서 첫 단원의 첫 문장을 여전히 기억하는데 "Good morning!"이었다. 모두가 무지하던 시대라 알파벳 정도만 외워서 중학교에 들어가면 학과 과정에서 기초부터 차근차근 배울 수 있었다. 그뿐이랴. 'ㄱ, ㄴ'만 외워서 초등학교에 입학해도 받아쓰기에서 만점을 받아 우등생 반열에 오르던 시절이었다.

지금은 어떤가? 영어를 처음 배우는 학년이 다름 아닌 초등학교 3학년이다. 학교가 어떤 교과서를 채택하느냐에 따라 다르긴 하지만, 대부분 그 시작도 'Good morning'이 아니다. 기본은 알아서 배워가야 한다. 대체 어디서 배우라는 걸까?

요즘에는 알파벳은 물론 'Good morning' 정도는 유치원에 가기도 전에 거의 마스터하는 분위기다. 하긴 지금은 어린이집과 유치원을 다니는 게 기본이지만 나 때만 해도 유치원 다니는 애들이 드물었다.

지연이 초등학교 4학년 때 다음 학년이 되면 역사를 배우게 되고, 수학능력시험에서 역사가 기본 과목이 된다며 주변 엄마들이 야단법석을 떨었다. 아이들을 데리고 주말마다 역사 유적지와 박물관 등을 보여주러 다니겠다며 팀을 짜고 소란을 피웠다. 미리 체험해야 학교에서 뒤처지지 않을 거라는 우려 섞인 모임이었다. 아예 초등학교 2~3학년부터 역사 과목을 학원에서 배우는 아이들도 제법 많다고 했다.

솔직히 난 다른 엄마들의 지나친 학구열이라 치부하며 '무얼 그렇게까지……'라고 생각했었다. 그런데 지연이 5학년이 되어 받아온 역사 교과서를 보고 깜짝 놀랐다. 내가 중학교 2학년 때 배웠던 내용이 초등학교 5학년 역사 과목에 나왔기 때문이다.

수학은 또 어떤가? 수준이 몇 학년 정도 앞당겨진 것은 말할 것도 없고 시험문제의 난도 또한 상승했다. 이렇게 빠른 속도의 수학 진도를 사교육 없이 아이 혼자서 따라가기란 결코 쉬운 일이 아니다. 더구나 심화문제로 들어가면 문제를 해석하는 방법조차 다른 사람의 도움 없이는 아이 혼자 감당하기 어려운 수준이다.

지연이 4학년 때 학교에서 가져온 수학 시험문제지를 함께 본 일이 있었다. 틀린 문제를 체크하다가 복잡해 보이는 문제를 보고 왜 틀렸느냐고 물어보니 아이는 "안 배운 문제였어요"라고 대답했다. 심화문제였는데 꽈도 너무 꽈서 수학문제인지 과학문제인지 분간이 가지 않았다. 영재가 아니면 풀기 쉽지 않은 수준이었다.

나름 학구열이 높다고 알려진 학군의 학교에서는 정규 시험문제의 난도가 심하게 높아 학습성취 능력이 떨어지는 아이들은 아예 풀 수가 없을 정도란다. 오죽했으면 '수포자(수학을 포기한 자)'라는 말이 다 나왔을까.

어느 A급 학군의 중학교에서는 영어시험에서 한 문제만 틀려도 성적이 25% 밑으로 떨어진다는 얘기를 들었다. 그만큼 수준이 높다는 것인데 이렇게 되면, 어쩌다 실수라도 할 경우 만회할 수가 없다. 치열한 경쟁이 필연적인 상황에서 아이들의 심적 부담감은 과연 어떨까? 최상위권 아이들에서 일반 아이들까지 심리 상태가 위험한 수준이다. 심지어 청소년 자살률은 2016년 기준은 4.9명(인구 10만 명당 사망자 수)으로 매년 기록을 경신 중이다. 자살 원인 중 1위가 학업 스트레스다.

교육의 난도가 높아지는 이유는 사회가 모든 아이를 상위 그룹에 수용할 수 없으니 아이들을 변별해내기 위해서다. 문제는 상위권을 제외한 다수의 아이가 이를 따라가기 위해 사교육에 의존하고, 사교육이 판을 치니 아이들의 학력 수준이 높아져서 다시 변별하기 어려워진다는 것.

이 사이클의 끝은 무엇일까? 이 죽음의 사이클을 끝내려면 어떻게 해야 하나?

'죽음의 교육 사이클'은 자신의 아이를 남의 머리 위에 올려놓겠다는 부모와 어떻게 해서든 우열을 가려야 하는 사회 구조가 만들어낸 합작품이다. 분명히 알아야 할 것은 이 사이클의 최대 희생자가 우리 아이들이라는 것이다.

현재 교육에 대한 가장 뜨거운 이슈는 수시로 변하는 교육제도다. 사교육이 이렇게 많아지니 가정경제 부담과 출산율 저하가 심각해지고, 이를 해결해보겠다고 정부는 해마다 입시제도를 바꿔댄다. 정치권이 바뀔 때마다 교육제도는 보여주기식 정책으로 이용된다.

그래서 지연만 하더라도 현역으로 대학에 들어가지 않으면 입시제도가 바뀌어서 재수가 어려울 거라고 하고, 그다음 학년은 또 다르게 바뀐다고 한다. 아예 정시 모집이 없어진다는 이야기에 아이들 스펙을 더 쌓아야 한다고 특수 학원을 알아보러 다니는 엄마들이 수두룩하다. 어느 해는 특목고를 만들었다가 또 정권이 바뀌니 특목고를 없앤다는 이야기가 나온다.

자주 교육제도가 바뀌다 보니 부모들은 어떤 정책에 맞춰 아이를 교육해야 할지 전전긍긍이다. 도대체 대한민국엔 언제쯤 되어야 안정적인 교육제도가 만들어지는 것일까? 사공이 많으면 배가 산으로 간다는 속담을 대한민국의 교육제도로 너무나 명확하게 재확인하고 있다.

언제까지 남의 장단에 아이를 춤추게 할 수는 없지 않은가. 어떤 정부가 출범하든 어떤 입시제도가 도입되든 아이들이 성장하고 진로를 결정하는 데 뒤흔들리는 요소가 돼서는 안 된다. 게다가 아이들이 맞이할 4차 산업혁명 시대는 예측할 수 없는 시대다. 약 50년 이상 지속될 4차 산업혁명 시대에서 인공 지능, 사물 인터넷, 클라우드 컴퓨팅, 빅데이터 기술은 끊임없이 기존 산업들과 연관되고 파괴되며 새로운 변혁을 반복할 것이다. 그때마다 아이에게 길을 알려줄 것인가? 불가능한 일임을 우리는 잘 알고 있다.

이런 시대에 홀로 서려면 아이 스스로 소신 있게 준비하고 발전시켜나갈 꿈이 있어야 한다. 그리고 자기 재능과 적성에 맞는 희망이 있다면 정책이 어떻게 바뀌든 간에 아이는 소신껏 자기계발을 해갈 수 있다. 아픈 사람을 치료하고 싶어 의사가 되고 싶은 아이가 정시가 없어진다고 공부를 안 할 것인가? 동물을 좋아하고 수의사가 되고 싶은 아이가 특목고가 없어진다고 꿈을 포기해야 할 이유는 없다. 꽃이 좋은 아이가 문과 이과가 합쳐진다고 마음 졸일 필요가 뭣인가 말이다.

한 지인의 아들은 초등학교 저학년 때부터 경제관념이 투철했다. 그 어린 것이 뭔가를 만들거나 집안일을 자처해서 하고 누가 시키지 않아도 용돈을 스스로 버는 데 얼마나 열중하는지 손에 주부습진이 생겼다. 그렇게 번 돈을 허투루 쓰는 것도 아니고 모아서 더 큰돈을 벌겠다고 궁리를 한다면서 “공부에는 관심도 없고 맨 딴생각만 한다”고 지인은 걱정이 태산이었다.

하지만 난 생각이 다르다. 당찬 그 아이에게는 스스로 세운 가치관과 목표가 있다. 그래서 지인에게 그 아이는 나중에 커서 장사나 사업으로 더 잘될 터이니 걱정하지 말라 했다. 그쪽 분야의 책이나 정보를 열심히 찾아주라는 말을 덧붙였다.

중요한 건 자신이 하고 싶은 것, 자신이 원하는 것을 아이가 명확하게 인지해야 한다는 것이다. 앞서 부모가 아이를 세세하게 관찰해 자신의 적성을 찾도록 도와줘야 한다고 말한 바 있지 않은가. 이때 말 그대로 부모는 '도와줘야' 한다. 찾는 주체는 아이가 되어야 한다는 말이다.

심리학 용어에 메타인지(meta cognition) 능력이라는 말이 있다. 자신이 무엇을 아는지 모르는지 자신의 인지적 활동에 대해 자각하고, 스스로 문제를 찾아내 해결하며, 학습 과정을 조절하는 능력을 말한다. 아이에게 어떤 질문을 했을 때 '네' 또는 '아니요'로 대답하라고 한 다음, 질문을 던지면 아이들은 뇌를 스캔하지 않고 '네', '아니요'라고 대답하는데 바로 메타인지 능력 덕분이다. 이 능력이 높고 낮음에 따라 성적에도 차이를 보인다. 당연히 메타인지 능력이 높으면 성적도 좋다.

우리 아이가 메타인지 능력이 높은지 낮은지 알아보고 싶은가? 방법은 예상외로 쉽다. 아이에게 문제를 여러 개 내준 다음, 몇 개나 맞힌 것 같으냐고 물어보자. 아이가 말한 개수와 실제 개수가 비슷할수록 아이의 메타인지 능력이 높은 것이다.

메타인지 능력이 높으면 교육제도가 달라져도, 변혁의 시대가 다가와도 아이는 스스로 문제를 인식하고 자신이 무엇을 잘하는지, 무엇이 부족한지 파악하며 해결 방법을 모색한다. 물론 이 능력이 높은 아이라도 그 과정에서 시련을 겪을 수 있다. 지적 능력이 어른 수준은 아니기 때문이다. 바로 그때 부모가 옆에서 도움을 주면 된다.

요즘 엄마들은 '우리 아이는 꿈이 없으니 내가 뭐라도 시켜야만 한다'고 생각한다. 하지만 아이가 꿈이 없는 건 그동안 스스로 고민할 시간을 부모가 기다려주지 않은 결과가 아닐까? 성공을 보장받는 직업을 은연중 아이에게 강요하고, 그쪽으로 나아가기를 바라며 부모가 고민을 대신하는 동안 아이의 미래 생존율은 낮아지고 있다.

지연도 모든 것을 부족함 없이 채워주고 특별히 원하는 게 없을 만큼 쥐여주니 문제점을 스스로 인식하고 고민하며 해결해나가는 아이로 성장하지 못했다. 하지만 작은 것부터 혼자 해보고, 성공하는 연습을 통해 자신감이 생겼고, 자기에게 무엇이 부족한지 분명히 알게 되었다. 그러자 미래에 어떤 사람으로 살아야겠다는 꿈이 자연스레 생겼다.

언젠가 지연은 고민 가득한 표정으로 내게 말했다. "엄마, 아직도 저는 하고 싶은 직업이 정확하게 무엇인지 모르겠어요."

"지연아, 경제경영 쪽으로 진학해서 국제무역 분야에서 활약하고 싶다고 얘기했었잖니? 성공한 커리어우먼이 되고 싶다는 것만으로 네 꿈은 충분한 거야. 꼭 변호사니 카피라이터니 구체적인 직종으로 말할 수 없다고 해서 꿈이 없는 게 아니야."

그제야 아이는 안심한 듯 웃었다. 다른 아이들처럼 딱 부러지게 이름을 댈 수 있는 직종을 원해야만 꿈이 있다고 생각해 위축된 모양이었다. 하지만 지연처럼 넓은 범위에서 어떤 모습으로 일하며 살고 싶다는 것도 충분히 아이에게 등대 역할을 해줄 수 있다. 물론 어려서부터 고고학자와 같이 특정 분야를 정해서 노력한다면 좋겠지만, 대부분의 아이들은 그렇지 못하다. 누군가를 가르치는 분야나 기업에서 경제활동하는 회사원처럼 미래 자신의 모습을 상상할 수만 있다면 꿈으로서 그 역할을 훌륭히 할 수 있다.

아이가 꾸는 꿈은 우리가 상상할 수 있는 범위 안에서만 발전하지 않는다. 어떤 이는 종이접기를 좋아해서 전문적인 수준까지 올랐고 후에는 미국 항공우주국(NASA)에 들어가 우주선 구조 연구원이 됐단다. 또 어떤 이는 공룡 연구를 해서 박사 학위를 받고 디즈니 애니메이션 회사에 들어가 공룡 만화 개발을 돕는다고 한다. 예상 밖의 전개에 입이 다물어지지 않는다. 어느 분야든 응용해서 발전시킬 수 있으니 아이의 재능이나 호감도가 높은 분야에서 발전 가능성을 찾아본다면 자신만의 꿈을 품을 수 있다.

지연은 성장하면서 꿈이 계속 바뀌었다. 지금 가진 꿈도 언제까지 계속될지 알 수 없는 노릇이다. 하지만 바뀌면 바뀐 대로 지연에게 타당한 이유가 있다는 것을 이제 나는 안다. 아이 또한 스스로 결정을 내리면 그 결정의 책임도 스스로 져야 한다는 것을 분명히 알고 있다. 제도가 바뀐들 시대가 바뀐들 그 변화에 맞춰 아이는 자신의 장래희망을 이루기 위해 책임감을 가지고 노력할 것이다. 그렇게 후회 없이 인생을 준비해나갈 것이다.

나 역시 지연에게 사교육을 시켰다. 적어도 영어와 수학만큼은 아이 혼자 따라가기가 어려워 학원을 보냈다. 처음엔 '그래도 기본은 해야 하지 않을까' 하는 생각에서 아이와 상의한 후 시작한 것이지만 나름 아이가 열심히 하여 그 덕을 보았다. 제도가 마음에 들지 않는다고 하여 무조건 아이 혼자 공부하게 하는 것도 바람직하지는 않다. 아이에게 필요한 도움을 부모가 줄 수 없다면 외부의 도움을 받아야 한다. 핵심은 아이 스스로 책임감을 가지고 노력할 수 있도록 어려서부터 정신 무장을 시켜주는 것이니까.

당신이 생각하는 것보다 아이는 강인하다. 아무리 거친 땅 위에서 부모가 자전거 뒷손잡이를 놓아버려도 아이는 거침없이 페달을 밟고 나아간다. 언제까지 아이를 자전거 뒷자리에 태우고 다닐 수 없지 않은가.

나의 인생도 지연의 인생도 따로 존재하니까 각자 인생이라는 자전거를 타고 나란히 달리면 되는 것이다.

## 진정한 자기 주도 학습 시작하기

'말을 물가로 끌고 갈 수는 있어도 말에게 억지로 물을 먹일 수는 없다'는 말이 있다.

많은 부모가 아이를 낳아 기르는 동안 내 아이만큼은 나보다 세상을 더 편하고 행복하게 살았으면 한다. 어떠한 희생을 치르더라도 아이에게는 더 좋은 것을 주고 싶어 한다. 그래서 자신이 계획한 방향으로 아이를 이끌어주려고 한다. 선의로 말이다.

어려서는 제법 엄마의 뜻대로 되어간다. 또래보다 빠르게 말을 배우는 아이를 보며 '어? 내 아이가 영재인가 봐!' 하는 착각도 하고, 초등학교 입학하여 받아쓰기 만점을 받아오면 내 아이가 명문대라도 들어갈 것처럼 기쁘기가 한량없다. 하지만 초등학교를 지나 중학교에 접어들면서 공부에 흥미를 잃어가고, 고등학교에 들어가 '수포자'라도 되면 엄마는 하나씩 희망을 내려놓는다. 아이가 내 마음 같지 않아서다.

아무리 좋다는 학군으로 이사해도, 좋은 학원에 집어 넣어줘도, 아이에게 동기가 없으면 머릿속에 아무것도 억지로 집어 넣을 수가 없다.

그래서 앞서 메타인지 능력이 중요하다고 했는데, 어떻게 하면 이 능력을 향상시킬 수 있을까? 전문가들은 다양한 방법을 제시하고 있지만, 그 원칙을 아이에게 모두 적용할 수도 없고 잘 맞으리라는 보장도 없다. 역시나 부모의 관찰이 중요한데 나 또한 지연과 함께하면서 아이의 메타인지 능력을 높일 묘책을 찾았다. 바로 모든 걸 가진 아이에게 없는 것 하나, '결핍'이었다.

당시 지연의 상황에서는 모든 것이 충족된 터라 특별히 노력해야 할 동기가 없었다. 미래에 어른이 된다는 상상을 한 적이 없었고, 무엇을 책임지고 살아야 한다는 현실 감각도 없었다. 지금까지 해왔던 것처럼 저절로 살아질 줄 알았던 것이다.

동기는 결핍에서 나온다. 지금 나에게 부족한 것이 있다면 이를 악물고 이다음에 그걸 얻고 말겠다는 원초적인 동기가 가장 강력하다. 그래서 팥쥐 엄마는 팔을 걷어붙이고 나섰다.

첫째, 세상에 공짜는 없고 노력하지 않으면 원하는 것을 얻을 수 없다고 아이에게 수없이 이야기해주고 경험하게 했다. 본인이 다니겠다는 학원도 중간에 게을리하고 열심히 하지 않으면 한두 달 못 가게 했다.

둘째, 그동안 채워주던 풍족한 용돈을 없앴다. 시험 점수, 생활

태도, 집안일 등을 통해 스스로 용돈을 벌게 하고 개인적인 지출은 그 용돈 안에서 해결하게 했다. 그러면서 이다음에 성인이 되면 부모의 도움 없이 혼자 삶을 꾸려나가야 한다고 귀에 못이 박히도록 말해줬더니 아이의 변화가 눈으로 보이기 시작했다. 적어도 '세상을 대충 살면 안 되겠구나' 하는 분명한 생각이 생겼다. 우리도 마음을 굳게 먹고 무엇 하나 호락호락 넘어가주지 않았다.

재능과 성향에 대해서는 아이와 머리를 맞대고 고민하며 스스로 방향을 찾아갈 수 있도록 최대한 도움을 줬다. '비올라로 대학을 가보겠다'던 것 외에는 아이가 선택한 목표를 존중하고 함께 방법을 찾았다.

셋째, 목표를 정한 뒤 미숙하더라도 구체적인 계획과 실천 방법을 아이에게 직접 찾게 했다. 잡아온 계획을 같이 검토하는 과정에서 비록 많이 수정하긴 했지만, 아이가 직접 구상하고 체계화하는 시간을 갖게 하는 것이 중요했다. 그 과정에서 목표를 이루려면 '어떤 방법들이 있는지', '정말 내가 실천할 수 있는지'를 직접 가늠해봤고, 그러자 현실 감각이 생겼다. 하지만 이러한 과정은 하루아침에 이루어지지 않았다. 몇 년간 시행착오를 거쳐 조금씩 익숙해진 것이었음을 참고로 이야기하고 싶다.

이렇게 목표 수립부터 방법 구상까지 스스로 해본 아이는 목표를 위한 큰 그림을 그릴 수 있게 된다. 단지 목표 달성뿐 아니라 과정에 대해 전반적으로 이해하면서 하나의 프로젝트를 스스로 지휘하는 감독이 된다. '내 인생을 내가 준비한다'는 큰 틀을 이해하는 아이가 되니 목표에 도달할 가능성도 높아진다.

반면 엄마가 수행비서가 되어 목표 수립을 포함해 모든 뒤치다꺼리를 다 알아서 해준 아이는 결국 목표에 이르기도 힘들고, 도착한다 해도 제 역할을 하기가 어렵다.

명문대를 들어가도 동네 마을버스 하나 제대로 못 타서 학교에 갈 때마다 엄마를 애타게 찾는다는 대학생 이야기, 대기업에 멋지게 입사했는데 그 흔한 엑셀 작업조차 끝내기 힘들어하고, 회사에 적응도 못 해서 우울증으로 정신과 치료를 받는다는 안타까운 이야기도 결국 아이가 해야 할 일을 부모가 대신해줬기에 벌어지는 것이다.

좋은 대학이나 회사에 들어가는 것만이 인생의 전부가 아니다. 그다음이 진짜 아이의 삶이다. 그 삶을 제대로 살게 하려면 부모는 '적절한' 도움을 줘야 한다. 아무것도 스스로 해본 적 없는 아이가 몸만 자랐다고 해서 적극적으로 세상을 살아갈 리 없다. 한 살이라도 어릴 때, 아직 가능성이 남아 있을 때, 자신의 삶을 주도적으로 꾸려갈 수 있도록 연습을 시켜주자.

목표를 정하고 실천 방법도 정했다면 이제 아이가 계획을 실천하게 해야 한다. 하지만 세상에 유혹이 얼마나 많은가? 아무리 굳게 마음먹었을지라도 한없이 나태해지고 싶고 재미난 것만 찾는 것이 인간이다.

일단 아이에게 하고 싶은 일과 해야 할 일을 구분하게 해보자. 그다음 해야 할 일에 우선순위를 두고 먼저 하는 습관을 들여보자. 그런 식으로 일을 구분해본 적 없는 아이에게 당장 하고 싶은 재미난 일을 못 하게 하고 해야 할 의무부터 하라고 하면 그 일을 하는 내내 괴로워할 것이다. 그러나 하고 싶은 일보다 해야 할 일을 우선으로 하면서 살아야 하는 게 인생 아니던가? 이 연습은 아이에게 매우 중요하다. 그것을 실천하지 못하면, 과감하게 목표를 포기해야 함을 아이에게 확실히 알려줘야 한다.

그러나 아이가 아무리 자신의 목표를 천명했을지라도 아이는 수시로 목표를 바꾸고 포기한다고 해올 것이다. 그럴 때는 다그치지 말고 아이와 충분히 대화를 나눠보자. 힘들어하는 이유와 걸림돌이 무엇인지 분석하고, 방법은 적절했는지 점검해주는 노력을 부모도 해야 한다. 즉 부모의 적절한 관여가 필요한 순간이 있을 거란 얘기다.

아이를 학교 앞에서 기다렸다 학원에서 학원으로 데리고 다니면서도 우리 아이 밥 굶을까 봐 먹을 것을 바리바리 싸와서 차 안에서 먹이는 부모를 보며 생각한다. 과연 이게 진짜 자기 주도 학습으로 이끄는 방법일까? 아이 스스로 무언가를 시도하다가 장애물을 만나 혼란스러워할 때 아이가 미처 발견하지 못한 방법을 깨닫도록 부모가 옆에서 조언해주는 것이 진정한 자기 주도 학습으로 이끄는 길 아닐까?

세간의 얘기 중에 돈만 있으면 아이를 명문대나 로스쿨에 보낼 수 있다는 말이 있다. 아이들의 스펙을 부모가 만들어줄 수 있다는 말인데 가능성이 아예 없는 이야기는 아니다. 그러나 성공하더라도 아이의 인생에 그게 큰 보탬이 될 것인가? 스스로 목표를 정하고 노력하여 얻은 결실이 아이에게 더 값질 뿐 아니라 그 과정을 통해 이미 이룬 것을 유지하는 테크닉과 현명함 또한 배운다는 것을 기억해야 한다.

혹자는 자기 주도 학습 하면 사교육을 일절 받지 않고 학교 공부만으로 학업 성취를 해야 한다고 여긴다. 하지만 아이가 능력이 부족해 혼자 깨치기 어려운 경우에는 충분히 도움을 줘야 한다. 테니스 선수를 꿈꾸는 아이가 혼자 연습한다고 목표에 도달할 수 있겠는가? 공을 대신 쳐줄 필요는 없지만 훌륭한 코치는 필요하다.

아이 혼자서는 절대 찾을 수 없는 방향이나 방법도 있다. 그때 부모는 대안을 제시해주고 과정이 제대로 이뤄지고 있는지 점검해주면 된다. 이것도 매번 해줄 필요는 없고, 한두 번 방향을 잡아주면 그것이 힌트가 되어서 아이는 필요한 방법들을 알아서 찾을 것이다.

내 아이가 어떤 재능을 가지고 이 세상에 나왔는지는 아이도 부모도 모른다. 그 알쏭달쏭한 것을 찾아내는 일은 괴로운 일이 아닌 아이 인생의 가장 즐거운 여정이 되어야 한다. 마치 미스테리한 사건을 해결해나가는 셜록과 왓슨처럼 아이가 가진 재능의 단서를 찾고 꿈의 조각들을 맞춰나가야 한다는 얘기다. 물론 셜록은 아이 자신이고, 부모는 왓슨이다. 아이가 스스로 자신의 재능을 찾고, 노력해서 나아갈 때 어른은 통찰력으로 방향을 제시해주고 든든한 버팀목으로 뒤에 있어주면 된다.

# 6장

# 평생 품 안의 자식으로 키울 수는 없다

## 세상은 어떤 인재를 필요로 하는가

1988년에 대학을 졸업한 나는 곧바로 의류를 취급하는 무역회사에 취직했다. 그리고 이직 한 번 하지 않고 다니다 1년 전에 퇴직했다. 미련하다면 미련한 끈기로 한 직장을 29년간 다닌 곰순이다.

물론 오랜 직장생활 중에 나 역시 힘겨운 고비를 겪었다. 업무량이 감당하기 어려울 만큼 많을 때도 있었고, 회사 사람들에게 상처받은 일은 셀 수도 없다. 업무 스트레스로 불면증에 시달리고 건강이 나빠지면서 포기하고 싶은 순간이 여러 번 다가왔었다.

위기의 순간들이 있었음에도 긴 시간을 견딘 건 사회생활을 계속할 거라면 회사의 장점만을 좇아 옮겨 다니기보다는 감당할 수 있는 단점은 견디고 적응하는 것이 더 낫다는 판단을 일찌감치 했기 때문이다. 그 판단 덕에 인내심을 가질 수 있었고, 어려운 고비를 잘 넘겨왔다.

내가 겪은 고비들은 직장생활을 하는 사람들이라면 누구나 겪어봤을 일들이다. 그런데 누구는 그 고비를 견디는데 누구는 못 참고 뛰쳐나가는 것일까? 당신의 자녀는 이런 순간을 어떻게 대처했으면 하는가?

1940년대 미국 하버드 대학교의 연구자들은 독특한 실험을 한 적이 있다. 대학교 2학년생 130명을 한데 모아놓고 러닝머신 위에서 5분간 뛰라고 요청한 것이다. 학생들의 지구력과 의지력을 측정하려고 러닝머신을 표준보다 더 높은 강도로 설정해둔 탓에 5분을 꽉 채워서 뛴 이들은 극소수에 불과했다. 연구자들은 이들이 대학을 졸업한 후에도 2년에 한 번씩 연락해 직장생활과 가정에서의 근황을 묻고 기록했다.

수십 년 후 조지 베일런트(George Vaillant)라는 정신과 의사가 이제 60대가 된 학생들의 기록을 통해 추적 조사를 했고 놀라운 사실을 발견했다. 학생들이 수십 년간 겪은 직업적 성취도와 사회적 만족도, 심리적 적응 수준이 대학교 2학년 때 러닝머신에서 버텨낸 시간에 비례한다는 점이었다.

그만두느냐, 끝까지 해내느냐 선택은 자유지만 분명한 건 작은 어려움을 견뎌내지 못하는 사람은 사회적으로 성공한 그룹에 들어갈 수 없다는 것이다. 그렇게 함으로써 돌아오는 인생의 고단함도 내 아이의 몫이다.

무역회사에서 해외영업을 하다 보니 성별, 연령대, 국적에 상관없이 다양한 사람을 만났다. 그중에는 성공하는 사람도 있었고, 실패하는 사람도 있었다. 직장 내의 직원들을 관리하고 신규 직원을 채용하는 일을 겸하여 많은 입사지원자 중에서 회사에 필요한 인재를 골라내는 역할도 오랜 기간 했다.

그러다 보니 지연을 바라볼 때 늘 우려와 걱정 섞인 눈으로 바라볼 수밖에 없었다. '저 모습과 저 태도로 아이가 성인이 되어 사회에 나간다면 과연 제대로 살아낼 수 있을까?', '저렇게 소극적인 태도로 세상에 나가서 어떻게 하려고……' 어쩌면 직장 상사로서의 시각을 아이에게 계속 투영했는지도 모른다.

사람을 판단하는 기준은 사람마다 다르고 선호도 또한 조금씩 다르다. 그런데 신기하게도 어느 조직에서든 성공하는 사람이나 리더 역할을 하는 사람에게서는 비슷한 성향이 발견된다. 첫째, 그들은 '성실'하고 '적극적인 열정'이 있으며 웬만한 어려움에 무릎 꿇지 않는 '인내심'을 가졌다. 둘째, 타인과 의사소통이 원활하고 업무를 제대로 파악하는 '센스'가 있다.

직원 채용을 위해 수많은 면접을 진행하다 보니 나에게도 확고한 기준이 생겼는데 우선 1~2년에 한 번꼴로 직장을 옮겨 다닌 사람은 탈락시킨다. 한두 번은 이전 직장에 문제가 있거나 정말 적성에 안 맞아서 이직할 수 있다. 그런데 10년 경력에 7~8번 이직한 경우는 본인에게도 문제가 있다고 본다. 그런 사람은 우리 회사에 입사해서도 얼마 못 가 옮길 수밖에 없는 이유를 찾아내어 이직할 게 분명하다.

한두 번 이런 경력의 사람을 채용한 적이 있었다. 이력만 제외하면 자기소개서도 잘 썼고 면접 때도 말이 잘 통하여 '아마 운이 정말 없었나 보다. 괜찮은 거 같은데?' 하며 채용한 적이 있었는데 결국 얼마 못 가서 중도 퇴사했다. 그들에게는 끈기가 없고, 조직에 자신을 맞추려는 생각을 아예 하지 않는다는 공통점이 있었다. 이런 사람들은 자신에게는 한없이 관대하지만, 회사 생활 중 어려움을 만나면 칼같이 단호해진다. 그런데 그 단호함으로 자신을 추스르지는 못한다.

어떤 사람은 이직 경력을 자신의 능력이라도 되는 양 자랑한다. 물론 자신이 직접 사업체를 운영할 거라면 다양한 경험이 곧 자산이 되겠지만, 직장생활을 목표로 한다면 장기적으로 봤을 때 그저 시간 낭비에 불과하다.

많은 직장인이 회사 일에 시간을 많이 빼앗겨 자기 생활이 없다고 불평한다. 하지만 이렇게 생각하기 시작하면 회사 생활을 지속할 수 없다. 회사의 시간과 나의 시간을 구분 짓는 순간, 회사에서의 1분이 나의 1분을 빼앗는 기분이 들기 때문이다. 마치 내가 희생하는 듯한 기분이니 회사 생활이 즐거울 리 없다. 일단 생각을 전환해야 한다. 회사 생활도 내 생활이라고.

나 역시 취업 후 대부분의 시간을 회사에서 지내며, 회사를 위해 일했다. 하루 8시간이 아니라 15시간 이상 일한 적도 많았다. 하지만 내 일이 아닌 남의 일에 시간 낭비한다는 생각은 안 하고 살았다. 그러다 보니 놀랍게도 투자한 시간에 이자가 붙어 여러 형태의 보상으로 돌아왔다. 회사는 나의 금전적 자산을 만들고, 경력을 쌓고, 대인관계를 맺는 곳이다. 이곳에서 하루의 대부분을 보내야 한다는 것은 정해진 일이다. 그러니 또 하나의 내 생활이라고 생각을 전환하고 애착을 가지면 회사 생활이 달라지기 시작한다. 안정적이니 만족도가 높아지고, 그에 따라 성과도 좋아지니 빠른 승진이 가능하다. '월요병'이 없어지는 덤도 얻을 수 있다.

신기하게도 어려서부터 부모에게 지나치게 의존적이었던 사람은 직장생활에서도 티가 난다. 예컨대, 이런 사람들은 어떤 프로젝트를 맡든 제대로 진행하지 못한다. 다른 리더가 시키는 일은 잘해도 자신이 이끌어가는 역할을 맡으면 어려움을 겪고, 성과가 안 좋아 상사에게 싫은 소리라도 들으면 회사 탓을 한다. 성장할 때 부모에 의지해 시키는 대로만 할 것이 아니라 자신의 학업과 진로만은 스스로 알아보고, 계획을 세우고, 그 사이를 조율해보는 등 일련의 과정을 통해 연습해야 리더 역할도 할 수 있다. 오로지 엄마 뒤만 따라다닌 사람들은 겉으로 보기에만 멀쩡하지 속은 아직 어린애에 불과해 금세 들통나고 만다.

그러나 세상을 사는 '도리'를 알고, 이타적인 '배려심'이 있는 사람들은 주변 사람들이 선호하고 신뢰하기 때문에 어느 분야에서

든 성공하기 쉽다.

자기애를 최우선으로 생각하는 각자도생(各自圖生)의 시대인 오늘날, 배려심 있고 이타적인 사람은 그 희소성만으로 가치가 있다. 그런데 많은 사람이 이타적인 사람은 약지 못하여 손해를 본다고 여긴다. 실제 사회에서는 그렇지 않다. 오히려 내 실속만 따지는 사람은 금방 입소문이 나고, 사람들이 곁에 두길 꺼린다. 이런 사람은 결혼 생활에서도 어려움을 겪는다. 자신에게 문제가 있단 생각은 하지 못하고 삐걱거리는 이유를 남에게서 자꾸 찾으려 하기 때문이다. 자기 중심적인 생각 속에서 벗어나지 못하고 남을 이해하려 들지 않으니 해결하지 못하고, 결국 불행한 가정을 만들 거나 아예 가정을 잃고 만다.

회사에서 직원을 뽑을 때 학력을 보고, 다채로운 전형을 통해 실력을 검증하는 이유는 그 실력을 키우는 데 바탕이 된 기본 능력과 그 과정을 이끌어온 성실성을 보고자 함이다. 하지만 채용이 일단 되고 나면, 과거의 이력은 리셋된다. 실전에서는 어떤 상황을 맞닥뜨리더라도 적응하는 융통성, 주어진 프로젝트를 끝까지 해내는 책임감, 끈기, 적극성이 필요하기 때문이다. 그런데 과연 우리는 아이들에게 이러한 교육을 한 적이 있는가?

나는 면접 과정에서 학력도 봤지만, 지원자의 됨됨이를 더 중요하게 여겼다. 학력과 경력이 다소 미흡하더라도 인성과 책임감이 훌륭하면 과감히 등용했다. 이들은 입사 후에 그 진가를 드러냈다.

요즘 나의 최대 관심사이자 주된 일정은 서울 근교에 우리 가족의 단독 주택을 짓는 일이다. 집을 지으면서도 참 다양한 사람을 만난다. 같은 일을 맡겨도 계획 부재와 관리 소홀에서 연유한 문제를 날씨 탓으로 돌리고 "이 일이 원래 그래요"라면서 제대로 설명하지 못하는 관리자가 있다. 그런가 하면 악조건에서 관련자들을 잘 설득하여 협조를 구하고, 계획을 빈틈없이 짜서 시간 낭비 없이 공사를 진행하는 관리자가 있다.

우리 집 내부 목공 일을 맡아 한 반장님은 적극적이고 유연한 성향의 분이었다. "누가 뭐라던 사용자가 마음에 들어야죠!" 하면서 쉽지 않은 공정이나 디테일한 부분도 한참 궁리하여 해결했다. 자기 분야가 아니면 곧바로 다른 회사의 담당자를 불러 협조를 구했다. 속이 다 후련할 정도로 일했다고 하면 설명이 될까.

그가 일하는 모습을 보면 왜 많은 목수 중에서 그가 리더가 됐는지 이해가 간다. 직업의 종류와 상관없이 성공하는 사람은 남과 다른 성향이 있다. 그들은 어느 자리에서든 빛이 난다.

요즘 고학력 취업 준비생이 급증하고 있다고 난리들이다. 반면 학력이 좋지 않아도 덜커덕 좋은 직장에 합격하는 사람도 주변에 제법 있다. 생각 외로 세상은 학벌대로 줄을 세우고 사람을 뽑지 않는다. 얼마 전 내가 퇴직한 회사에도 대학은 졸업하지 않았지만, 회사 임원이 되어 훌륭히 제 역할을 하는 사람이 여럿 있다.

학력이 필요치 않다고 말하는 것은 아니다. 하지만 실전에서 오랜 시간 일하며 직접 사람을 뽑고, 그들과 부대끼며 내가 얻은 결론은 학력 높은 자가 아니라 인성을 갖춘 사람이 제대로 일하며, 끝까지 살아남는다는 사실이었다. 아마 많은 부모가 사회생활을 통해 알고 있음에도 자신의 아이는 그런 눈으로 보지 못하고 있는 게 아닌가 싶다.

오늘은 면접관의 눈으로 아이를 들여다보자. 우리 아이의 자기소개서에는 오늘이 어떻게 기록될까? 아이를 여러 방향에서 바라보고 고민을 거듭할 때 사회에 필요한 인재로 키워낼 수 있다는 것을 기억하자.

## 젊어서 고생은 사서라도 시키자

"젊어서 고생은 사서 하는 거라고?
돈 많아? 그런 걸 왜 사? 야~ 놀자! 삶을 즐겨!"

요즘 핫한 광고 카피다. 오늘날의 세태를 그대로 보여주는 이 광고 카피를 처음 봤을 때 어찌나 어이가 없던지. 인생은 짧다며 지금을 즐기라는 반교육적인 카피에 우리 아이가 볼까 가슴이 철렁했다.

기나긴 인생을 즐기기만 하면서 산다면야 얼마나 좋겠는가. 하지만 부모들은 알 것이다. 실제 인생은 망망대해의 돛단배 신세라는 것을. 지금 순풍이 분다고 내일도 순풍이 불 거라는 보장이 없는 게 인생이다. 그러니 지금 조금 편하다고 '노세 노세'를 외친다는 게 어처구니없을 수밖에. 아무리 소비자를 유혹하기 위한 상업 광고라지만 너무하다.

지천명, 즉 하늘의 명을 안다는 나이인 쉰 살이 되어도 상상도 못한 상황을 맞닥뜨리는 게 인생이다. 대한민국 대표 재벌 3세가 구속되어 몇 달째 포토라인에 서는 것을 보면서 과연 누가 저런 상황을 예상했을까 싶다. 하긴 나라를 통치했던 대통령들이 줄줄이 감옥살이하는 걸 보면 '새옹지마'라는 생각에 절로 고개가 끄덕여진다. 젊음은 한때고 인생은 길다. 그 기나긴 인생에 어떤 일이 생길지는 누구도 예상할 수 없다. 그래서 미안하지만 저 카피에 나는 동의할 수 없다. 젊어서 고생하지 않으면 늙어서 생고생하는 게 인생이니까.

우리 집 위층에 사는 가족이 어느 날 갑작스레 이사했다. 안면이 있어 오가며 인사도 하던 사이였는데 이사 후 연락이 없어 궁금하던 차였다. 마침 친구가 윗집 엄마의 지인이라 근황을 물어보니 남편이 대표로 있던 회사에 갑자기 부도가 나서 집을 내주고 야반도주하다시피 떠났단다. 부잣집에서 태어나 부족함 없이 자란 윗집 아저씨는 부친의 사업을 물려받아 운영하고 있었다. 부친이 잘 다져놓은 덕분에 회사는 별다른 노력 없이도 잘나갔고, 그것만 믿고 회사 운영을 안일하게 하다가 그 지경이 된 거란다. 윗집 엄마는 아직도 '쓰던 가락'이 있어 부도 이전 생활에 대한 동경으로 힘들어한다는 말을 덧붙였다.

가끔 엘리베이터에서 만나면 풍족하고, 행복해 보이던 가족이었다. 실제로도 남 부러울 것 없이 살던 가족이 그런 상황에 직면했으니 제대로 적응할 리 없었다. 지금 나이가 못해도 50대 중반

일 터인데 앞으로 어찌 회복하고 살지 내가 다 막막하다.

만약에 윗집 아저씨가 어린 시절에 작은 실패라도 스스로 극복한 경험을 여러 번 했었다면 세상을 좀 더 치열하게 살았을 것이다. 세상이 그리 녹록지 않다는 사실을 몸소 느낄 기회가 있었다면 50대 중반의 나이에 물려받은 사업을 말아먹는 상황은 맞지 않았을 것이다. 적어도 훨씬 신중하게 사업에 임하지 않았을까.

《영어책 한 권 외워봤니?》(위즈덤하우스, 2017)의 저자 김민식 PD는 "실패의 경험도 쌓여야 성공의 노하우로 바뀝니다"라고 했다. 일종의 면역력 강화 효과다. 독감에 걸리지 않기 위해 소량의 바이러스를 미리 맞는 것처럼 인생에도 다가올 파도를 안전하게 타고 넘을 면역력이 필요하다. 즉 실패하고 이를 극복해내며 단련해야 한다는 얘기다.

앞서 말한 것처럼 나는 한 직장에서 29년을 버텼다. 그것은 장점을 좇기보다 단점을 감수하자는 판단을 빨리한 덕분이기도 하지만, 무엇보다 넉넉지 않았던 과거의 힘겨운 경험이 큰 힘이 됐다. 물론 어릴 때는 나보다 여유 있는 친구들이 부러웠다. '왜 나는 그런 집에서 태어나지 못했을까' 하고 한탄한 적도 있었으나 직장생활을 시작하면서 생각이 완전히 바뀌었다. 산 넘어 산이라고 매일같이 어려운 문제들이 계속됐지만, 나는 그 산들을 기어코 넘어섰다. 그럴 때마다 어린 시절의 경험이 나에게 자양분이 됐다는 것을 뼈저리게 실감했다. 심지어 어린 시절에 그런 '고생'을 허락해

주신 하나님께 감사기도를 드리기도 했다.

'부채의 아이콘'이라 불리는 방송인 이상민을 보면 재밌다기보다 먼저 대단하다는 생각부터 든다. 그는 한때 가수와 프로듀서로서 이름을 날리며 1990년대 엄청난 성공을 거뒀지만, 무리한 사업 확장과 자금 관리 실패로 30대 중반에 70억 가까운 빚을 지고 말았다. 보통 사람이라면 70억이라는 액수를 보고 갚을 생각조차 하지 못함은 물론 파산신고로 상황을 모면하거나 나쁜 마음을 먹고 생을 놓아버렸을 것이다. 하지만 이상민은 포기하지 않았다. 10년이 넘는 동안 그 많은 빚을 갚겠다고 저작권료를 포함한 모든 수입을 압류당한 채 방송 일을 하며 꾸준히 빚을 갚아가고 있다.

그가 힘겨운 인생의 고비를 극복할 수 있었던 건 고달픈 어린 시절이란 밑거름 덕분이었다. 이상민은 다섯 살에 아버지를 잃고, 그의 어머니는 중국집을 운영했었는데 알바생이 도망가자 국민학교 4학년이었던 그가 직접 자전거를 몰고 짜장면을 배달했다는 일화도 있다. 이런 경험을 바탕으로 누구보다 강한 생활력과 정신력을 갖게 된 것이다.

우리 모두 팔 두 개, 다리 두 개, 머리 하나라는 똑같은 몸을 가지고 있다. 다른 것은 그 안에 들어 있는 정신력뿐이다. 어린아이일 때부터 다져진 삶에 대한 강력한 에너지, 정신력 하나가 이렇게 힘겨운 상황도 극복할 수 있게 만든다.

누구도 자기 자식이 고생하며 살기를 바라지 않는다. 모든 부모가 내 아이만큼은 평생 '꽃길'만 걷기를 기도하고 바랄 것이다. 하지만 세상이 어디 그리 호락호락하던가? 예측 불가능한 상황들이 우리 앞에 늘 준비되어 있지 않은가?

건강 악화, 실직이나 파산 같은 경제적 위기, 사고와 자연재해, 연애와 결혼 생활에서 일어나는 갖가지 다툼과 실연까지. 현실에는 이 모든 게 내 아이의 앞길에 펼쳐져 있다.

어느 부모들은 아이에게 평생 먹고살 거리를 만들어준다고 재산을 모아 부동산을 장만해서 물려주기도 한다. 자식은 월세 수입으로 여유롭게 살 것 같지만 다른 문제들이 넘쳐난다. 세상 물정을 잘 모르니 누군가 꾀는 소리에 넘어가 가진 것을 모두 잃는 사례도 주위에서 여럿 보았다. 무슨 짓을 해도 자식의 행복을 평생 보장해주지는 못한다.

세계적인 판타지 소설 J. K. 롤링의 《해리 포터》 시리즈에서는 해리의 엄마가 죽으며 자신의 사랑으로 방어막을 씌워준 덕에 해리는 볼드모트의 저주를 막을 수 있었다. 이처럼 아이에게 방어막을 씌워줘서 부모가 없을 때도 세상의 고난을 막아줄 수 있다면 좋겠지만, 할 수도 없고 가능하지도 않은 일이다.

'피할 수 없다면 즐기라'고 우리가 경험한 이 모든 어려움이 내 자식에게 다가오는 것을 막아줄 수 없다면, 당당하게 맞설 수 있는 면역력을 키워주자. 어릴 때는 어떤 실패도 만회 가능하지 않은가. 그때를 놓치지 않고 실패 극복 연습을 시켜주는 것이 진짜 부모의 몫이다.

그러나 요즘 아이의 건강을 위한답시고 집 안을 무균실 수준으로 깨끗이 하고, 아이에게 닿는 모든 것을 소독하여, 아예 세균이 접근하지 못하게 만드는 부모들이 늘고 있다.

당장은 깨끗할 것이다. 병도 안 걸릴 것이다. 그러나 평생 아이를 무균실에서만 지내게 할 수는 없다. 어린이집, 유치원, 학교, 학원에 가게 되면 어떻게 막을 것인가? 일반 세균에도 면역력이 없는 아이가 각종 세균의 감염을 어찌 다 감당할 수 있단 말인가!

생명을 위협하는 세균은 물론 안 되지만, 일상적인 오염 정도는 부대껴보고 스스로 치유하면서 몸을 단단하게 만들어야 한다. 어려서 흙도 먹어보고 추위에 코 흘리면서 밖에서 놀아본 아이들이 웬만한 바이러스에 노출돼도 건강을 지킨다. 정신도 크게 다르지 않다. 작은 실패와 극복을 반복할 때 그 경험이 아이에게 단단한 굳은살을 만들어줄 것이다. 이렇게 굳은살이 박여야 성인이 되어 실패를 경험하더라도 덜 아프니 금방 털고 일어날 수 있다.

아이의 손과 발에, 머리와 가슴에 굳은살이 생기는 걸 자랑스럽게 여길 준비가 되었는가? 그 굳은살이 당신의 아이를 세상 위에 우뚝 서게 할 것임을 기억하자.

## 사회의 관심이 답이다

지금 우리는 아무도 경험해보지 않은 시대를 살고 있다. 어떤 세대도 이처럼 빠르고, 편리하고, 개인적인 시대를 겪어본 적이 없다.

난 항상 의문이다. 이 편리함 속에서 자란 어린 세대들이 중장년층이 되면 세상은 어떻게 변해 있을까? 이 의문의 저변에는 두려움이 깔려 있다.

'교육은 백년지대계'라는 말이 있다. 사람을 교육하는 것은 백 년 앞을 보고 해야 하는 일이라는 뜻이기도 하지만, 지금 아이들에게 하는 교육이 먼 미래에 영향을 미친다는 뜻이기도 하다. 미래를 뒤흔들 수 있는 그 '교육'을 지금 우리는 아이들에게 어떻게 하고 있는가?

요즘 애들은 유아부터 청소년까지 옛날에는 '있는 집 자식들'이나 받았던 왕자와 공주 대접을 받으며 자란다. 세상 사는 도리가 아니라 나만 아는 이기심을 배우고, 타인과 함께하기보다 혼자 노는 데 익숙하다. 4차 산업혁명으로 과학과 산업은 저만치 앞서간다. 어쩌면 내 아이의 경쟁자가 인간이 아닌 인공지능이 될지도 모르는 상황이다.

그때가 되면 이 세상이 어떻게 달라져 있을지 상상이 되는가? 어떤 새로운 사회 문제가 등장할까? 과연 아이들은 우리보다 행복한 시대를 살아가게 될까?

이미 현재 사회에서는 듣지도 보지도 못했던 무서운 일들이 벌어지고 있다. 날이 갈수록 잔인해지는 범죄와 해마다 증가하는 성범죄, 치솟는 자살률, 전 세계 최하위의 행복지수. 더 편리해진 세상에서 잘살게 되었는데 행복지수는 왜 자꾸 떨어지는지……. '편리'가 사람을 행복하게 만들지는 않는 모양이다.

한번은 독일에 사는 조카딸이 초등학교에서 돌아와 모르는 수학 문제를 독일인 아빠에게 물어보더란다. 그런데 평상시 그렇게 딸을 예뻐하는 아빠가 정색하며 되물었다.

"이거 선생님이 학교에서 설명 안 해줬어?"

"설명해줬는데 그때 이해가 잘 안 됐어요."

"왜 너는 이해를 못 했는데 그 자리에서 바로 선생님한테 묻지 않았어? 내일 다시 선생님한테 물어보고 확실히 알아서 와."

단호한 아빠의 말에 아이는 눈물을 터뜨렸지만, 다음 날 아빠의 말대로 선생님에게 질문해서 의문을 해결했단다. 독일 대학의 연구원인 아빠는 아이가 한 질문의 답을 알고 있었다. 다만 자신의 교육철학을 실천했던 것뿐이다.

공교육보다는 사교육에 더 큰 비중을 두는 우리의 눈에는 낯선 풍경이다. 독일에는 우리와 같은 사교육이 없고 공교육에 전적으로 의존해 아이를 맡긴다. 독일 조카는 현재 중학생이지만, 온종일 공부에만 매달리지 않고, 다양한 취미 활동을 하며 하루 평균 8~9시간 정도 취침한다. 그래도 성적이 상위권이라고 하니 그래서 다들 사교육을 받지 않는 모양이다.

교육 문제는 한두 사람이 다르게 키우겠다고 마음을 바꾼다 해서 해결 가능한 일이 아니다. 그래서 원치 않는데도 밤늦게까지 이 학원 저 학원으로 아이를 전전시키고 잠도 줄여가며 공부시키고 있는 게 아닌가. 학구열 높은 학군의 아이들은 중고등학생은 물론 초등학생조차 밤늦게까지 학원을 다니는 것도 모자라 심화 그룹 과외를 시킨단다. 심지어는 원룸을 얻어서 기숙시키며 새벽까지 공부시키는 경우도 많다고 한다.

이러한 교육 현실에 염증을 느낀 일부 부모들이 대안학교에 아이를 맡기기도 하지만, 이런 기관은 대부분 학력 인정을 받지 못하여 정규 교육이라 할 수 없다. 교육비도 비싸다. 또 다른 사교육이나 다름없다.

현재 벌어지는 교육의 문제점과 해결책을 아이 하나 키우기도 벅찬 우리가 제시할 수는 없다. 그렇다고 정부가 언젠간 대책을 마련하겠지 하며 마냥 기다릴 수 없는 노릇이다.

그래서 앞으로 백 년 앞을 바라보고 현재의 교육방법이 과연 옳은지, 어찌해야 아이들의 행복지수를 높일 수 있는지 교육 전문가들이 발 벗고 나서줘야 한다. 정치적으로 대립하고 명분 세우기로 교육제도를 들었다 놨다 하거나 미봉책이 아닌, 진짜 교육 백년지대계 프로젝트가 필요한 시점이다. 지금 누군가 오늘날 교육의 실태를 연구하고 방향을 제시하지 않으면 아이의 미래가 아니라 대한민국의 미래가 위험할 수 있다.

장기적인 아동 심리학 연구도 시작해야 한다. 손가락으로 셀 수 없을 만큼 다양한 교육법으로 자라나는 요즘 아이들을 추적 조사해 이런 요소들이 미래에 어떤 영향을 미칠지 밝혀내야 한다. 이렇게 준비해야 우리 손주의 손주들에게 더 나은 교육 방향을 제시할 수 있다.

이러한 연구를 토대로 새로운 시대에 맞는 육아 및 교육 지침이 나와야 한다. 엄마가 되기 전, 아니면 현재 아이를 키우는 엄마들에게 '아이를 심약하고 이기심 강한 아이로 기르지 않으려면 어떻게 해야 하는지' 전문가의 입으로 알려줘야 한다.

TV 프로그램 〈우리 아이가 달라졌어요〉를 본 적이 있는가? 이 프로그램에는 어디서부터 잘못된 것인지, 어떻게 통제해야 하는지 부모조차 손을 든 문제 아이들이 매회 등장한다. 전문가들은 관찰과 테스트로 그 원인을 밝혀내고, 처방하여 아이의 행동을 교정한다. 엄청나게 떼를 쓰는 아이를 며칠 만에 의사를 제대로 전달하는 아이로 만드는 전문가의 능력에 혀를 내두른 적이 여러 번이다.

이 방송을 보다 보면 공통점을 발견할 수 있다. 문제 아이에게는 문제 부모가 있다는 것. 즉 부모의 양육 방법이 잘못됐다는 것 말이다. 〈우리 아이가 달라졌어요〉처럼 각 분야 전문가들이 협업하여 현재 교육 문제를 연구하고, 그 뿌리를 찾아내 교정해낸다면, 또 부모들에게 아이를 바르게 성장시키는 지침을 이해하기 쉬운 방법으로 알려준다면 얼마나 좋을까 소망해본다.

아이를 낳아 키운다는 것에는 그저 생물학적 의미만 있는 것은 아니다. 아이는 배 속에 있을 때부터 부모의 영향을 받기에, 교육은 이미 그때 시작된다. 그런데 많은 부모가 이를 간과하고 그저 어린 아이에게 자신들의 기쁘고 사랑스럽다는 감정을 표현하는 데만 온 힘을 쏟는다. 시간이 흘러 무언가 잘못됐다는 생각을 할 때쯤에는 무엇 때문에 아이가 이렇게 된 건지 원인을 가늠조차 못 한다.

한 아이를 낳아 키워서 성인으로 만드는 일은 인간이 하는 그 어떤 창작이나 사회활동보다 긴요한 일이다. 이 아이들이 모여 사회를 구성하고, 미래가 만들어지기 때문이다. 그래서 이런 생각도 해본다. 아이를 갖기 전에 사회에서 '부모가 되는 법'을 가르쳐줬으면 좋겠다고. 도대체 우리가 아이들에게 무슨 짓을 하고 있는지는 알고 키워야 하니까 말이다.

## 엄마가 바뀌어야 아이가 성장한다

"기왕 들어간 거 이 기회에 담배나 끊고 나오라우!" 세계적인 가수 싸이는 2001년 대마초 흡연 혐의로 검거된 적이 있다. 그때 경찰서로 아버지가 찾아와 이 한마디를 하고 갔다. 놀랄 노 자는 이럴 때 하는 말이 아닐까.

능력이 없는 아버지도 아닌데 영락없이 감방살이를 해야 하는 자식을 두고 이리도 매정할 수가 있을까 싶다. 다른 부모들 같았으면 사방팔방으로 변호사를 알아보고 연줄을 놓아서 하루 빨리 꺼내주려고 난리였을 텐데 말이다. 이뿐만이 아니다. 싸이가 대마초 흡연으로 벌금을 내야 하는 상황에 이르자 그의 아버지는 대신 돈을 내주고 아들에게 모조리 되받았다고 한다. 자식에게 무엇 하나 더 물려주지 못해 안달인 요즘 세상에 진정한 자식 사랑이 무엇인지 생각하게 하는 대목이다.

싸이의 강한 멘탈은 어쩌면 이런 아버지의 모진 교육 철학 덕분일지 모른다. 잘못을 저질렀으면 당연히 죗값을 치러야 한다는 원칙. 그 원칙을 심어주었기에 싸이가 제정신을 차리고 세상을 당당히 누비게 된 게 아닐까. 스스로 책임지는 인격체로 만들기 위한 아버지의 노력이 숨어 있었던 것이다.

사실 어린아이를 보면 너무나 순수하고 예뻐 보여서 과연 이런 아이 마음속에 거짓, 게으름, 이기심 같은 나쁜 인자들이 들어 있을까 의심이 든다. 이 같은 의문은 옛날부터 있어서 '성선설'이냐 '성악설'이냐는 수천 년 동안 논쟁거리였다. 과연 인간은 어떤 마음으로 세팅을 하고 세상에 나왔을까? 난 악과 선이 반반 섞인 채 대기모드로 세팅되어 태어나는 게 아닐까 생각한다. 세상에 나와서 어느 쪽을 더 발달시키느냐에 따라 강화되기도 하고 퇴화하기도 하는 게 아닐까? 만화에 나오는 천사와 악마의 속삭임처럼 말이다.

악하게 태어나는지 선하게 태어나는지 그 답은 여전히 알 수 없지만, 분명한 것은 편안함과 게으름을 추구하는 게 인간의 본성이라는 사실이다. 나만 하더라도 왕비처럼 손가락만 까딱하며 살 수 있다면 참 편하고 좋을 거 같다. 하지만 세상이 어디 그리되도록 허락하던가? 야속한 세상살이에 적응하려면 게으름과 안주하려는 마음을 버리고 부지런하고 분주하게 살아야 한다. 그러려면 아이들 마음속에 세팅된 나쁜 성향은 퇴화시키고 착한 성향은 최대로 키워서 누구에게나 호감을 주는 사람으로 키워야 한다. 후천적인 영향이 타고난 것보다 훨씬 더 중요한 이유다.

그러기 위해서는 역시나 부모의 역할이 중요하다. 아이가 바뀌지 않는 건 부모의 마음이 바뀌지 않아서다. 쉽지 않은 일이지만, 내가 단호해지지 않으면 내 아이도 홀로 서지 못한다는 생각으로 마음을 굳게 먹어야 한다. 때론 마음이 찢어지더라도 아이를 모질게 대할 필요가 있다. '설마, 아이가 크면 다 알아서 하겠지……' 하는 순간, 아이의 나쁜 성향은 강화된다. 그러니 방관하지 말고 잘못된 행동을 할 때는 곧바로 잡아주면서 착한 성향이 강화되도록 이끌어줘야 한다.

지연은 고등학교 진학을 기숙학교로 했다. 주말이면 부모가 가서 데려올 수 있지만, 집과 학교가 너무 멀어 아이는 한 달에 한 번 집에 오는 것을 제외하면 늘 학교에서 지낸다.

입학하고 얼마 안 됐을 때 지연이 집에 오더니 "애들이 집에 가고 싶다고 밤마다 울어요. 난 재미있고 괜찮은데……"라며 고개를 내저었다. 그러더니 한 학기가 지났을 즈음, 상당수 아이가 부모를 졸라서 일반학교로 전학을 갔다고 전해왔다. 어떤 아이는 학기 중에 짐을 싸서 돌아가기도 했단다.

꽤 많은 아이가 기상 시간을 비롯한 엄격한 규율에 적응하지 못했다. 고등학생이 되었지만 늘 곁에서 지켜주던 부모의 품이 그립기도 했을 것이다.

본인이 원해서 들어온 학교인데도 쉽게 포기를 선언하는 아이들을 부모 또한 설득하지 못했을 것이다. 울고불고하는 아이가 안타까워서다. 이때만이라도 본인의 선택을 밀고 나가도록 부모가 단호하게 선을 그어주었다면 어땠을까? 정신력이 약한 아이도 이를 기회 삼아 더 강한 사람이 되었을지 모른다. 하지만 차마 그렇게 하지 못한 것이다.

지연은 학교에서 친구들과 함께 공부하고, 같이 생활하는 것이 재밌단다. 모처럼 집에 오면 "집이 최고예요!"라고 하지만 기숙학교에 대한 만족도나 애정도가 제법 높다.

포기하지 않고 새로운 환경을 즐기며 지내는 지연을 보며 생각한다. '사회에 나가서 버틸 갑옷을 하나 더 얻었구나, 그 덕에 너는 이다음에 더 행복해질 거란다'라고.

마지막으로 아이를 삶의 전부라 여기는 엄마들에게 당부하고 싶은 게 있다. 엄마들은 내 배 아파 낳은 아이가 나를 대신해서 내가 이루지 못한 성공과 행복까지 모두 누리며 살았으면 하는 마음이 늘 한편에 있다. 그러고서 '누구 아들이 S대 갔다더라', '누구 딸이 의사라더라' 또는 '누구네 아이는 별 볼 일 없다더라' 등 자식의 성공과 실패를 곧 나의 업적인 양 여긴다. 자기 분신이라 여기고 대리만족을 하는 것이다.

이런 생각은 아이가 어릴 때 잘 교육하면 내가 원하는 모습으로 만들 수 있다는 믿음을 바탕으로 한다. 그래서 아이의 일거수일투족을 관리하고 자신이 짜놓은 계획에 따라 아이가 인형처럼 움직이도록 모든 시간과 노력을 쏟아붓기도 한다.

이렇게 되면 아이도 그렇지만, 엄마의 인생에도 문제가 생긴다. 엄마의 인생에는 자신의 이야기는 없고 오로지 아이로 가득 찬다. 그래서 아이를 키우는 엄마들 모임에서는 두 사람만 모여도 아이 관련 이야기만 나눈다. 아이가 어리면 육아정보 교환, 학교에 들어가면 교육문제, 입시문제는 말할 것도 없고, 결혼해도 아이들에 대한 레퍼토리는 변하지 않는다. 결혼을 늦게 한 나는 결혼 전 친구들 모임에 가면 입 한번 떼기가 어려운 경우가 많았다.

많은 엄마가 아이의 시험과 행사에 모든 일정을 맞추고, 아이의 성적과 기분에 일희일비한다. 아이가 성인이 되어 독립하거나 더 이상 엄마의 도움을 필요치 않아 하면 자신을 쓸모없다고 여기고 우울증에 시달린다. 자식을 내려놓지 못하는 것이다.

이런 엄마 밑에서 자란 아이가 사회에서 제 역할을 하기는 쉽지 않다. 엄마 또한 늙어서도 자기 인생을 살지 못하고 성인이 된 아이를 돌보려 한다. 가족끼리 시너지 효과를 내야 하는데 서로에게 마이너스 효과를 내는 꼴이다.

그러나 아이에 대한 요즘 엄마들의 집착은 더 커져만 가는 듯하다. 자기 인생이 없으니 아이만 바라보게 되고, 그래서 자기 삶이 사라지는 악순환이 반복된다. 아이가 내 분신이라는 생각에서 한 발짝 떨어져보는 건 어떨까? 그리고 나의 삶을 가치 있게 만드는 것들을 찾아보자. 그것이 직업일 수도 있고 사회를 위한 봉사일 수도 있다. 몸짱에 도전해보거나 자격증에 도전할 수도 있다. 아이를 업고 가려 하지 말고, 아이의 손을 잡고 함께 걷는 엄마가 되어보는 것이다.

언젠가 직장 후배 집에 방문한 적이 있다. 후배는 네 살짜리 아이를 처음 어린이집에 데려다주고 회사에 간 날, 가슴이 찢어지는 거 같았다고 말했다. "그런데 말이죠. 정작 회사에 도착해서 일하다 보면, 아이를 어린이집에 두고 왔다는 걸 잊더라고요. 내가 가장 잘하는 일을 하고 있을 때 진심으로 즐겁고요. 가끔 아이를 낳기 전보다 회사 일이 더 의미 있고 재밌게 느껴질 때도 있다니까요"라고 덧붙였다. 그녀의 이야기를 듣고는 아직 볼에서 아기 티가 나는 네 살짜리 아이에게 엄마가 회사에 다니는 게 어떠냐고 물어봤다. 아이는 "우리 엄마, 멋져요!"라며 자랑스러워했다. 후배는 "선생님이 그러는데 얘가 어린이집에서 제일 잘 논대요" 하고 말했다.

꼭 직업이 아니더라도 목표를 세우고 계속 노력하는 엄마의 모습을 자라는 아이들에게 보여준다면 그 어떤 관리보다 더 훌륭한 영향을 아이들에게 미칠 수 있을 것이다.

엄마들이여, 잊지 말자. 아이가 인생의 일부일 수는 있다. 하지만 전부일 수는 없다는 사실을!

## 가정교육이 만들어주는 아이의 미래

얼마 전 남편 직장 동료의 부고 소식이 갑작스럽게 들려왔다. 연유를 알아보니 회식에서 술을 마신 뒤에 집으로 돌아가지 않고 사우나에 가서 잠을 자다가 죽음을 맞이했단다. 서둘러 도착한 장례식장에서는 가족을 볼 수 없었다. 모두 해외에 나가 있는 바람에 아직 못 오고 있는 상황이었다. 그는 기러기아빠로 혼자 작은 오피스텔에 살고 있었다. 평소에도 야근 후 사우나에 가서 피로를 푸는 것을 좋아하던 사람인데 술 한잔 마신 것이 화근이었던 것이다. 한창 일할 나이에 안타까운 목숨이 외롭게 가버렸다.

통계청 발표에 따르면, 2000년 이후 기러기아빠는 3배 넘게 급증했다(2016년 기준). 예전만 해도 해외지사로 발령받아 나가는 것을 제외하면 아이를 외국에서 교육하는 경우가 드물었다. 하지만 요즘은 형편이 되거나 안 되거나 아이를 위해 부부가 생이별하며 유학을 보내는 일이 꽤 많다.

대부분 엄마가 아이를 데리고 떠나고 아빠가 혼자 한국에 남아 기러기 생활을 한다. 안타깝게도 이렇게 한번 가족이 찢어지면 원래의 가정으로 회복되기가 어렵다. 아빠의 고단한 희생은 당연하고, 아이와 엄마도 타국에서 갖가지 어려움을 겪는다. 또 아내는 아내대로 남편은 남편대로 외도에 빠지기도 쉽다.

그도 그럴 것이 부부는 사랑의 콩깍지가 씌어 결혼하고 아이를 낳았지만, 아이들이 유학을 갈 만큼 클 때까지 살다 보면 그 콩깍지는 다 벗겨졌을 터. 전우애로 산다는 우스갯소리를 흔하게 하는 시기에 이역만리 떨어져서 몇 년씩을 살면 혼자 있는 것이 더 편해진다. 어쩌다 가족이 만나도 서로 어색해하는 것은 당연한 일이다. 그런데 이 위험한 선택을 자처하다니…….

자식이 뭐길래 가정이 붕괴되는 줄 모르고 이리도 위험한 결정들을 하는지. 문제는 또 있다. 비싼 학비에 생활비 부담이 버거워 노후 준비는커녕 기러기아빠들은 빚까지 지고 오피스텔과 고시원을 전전한다. 특별히 찾지 않아도 기러기아빠 관련 안타까운 사연들은 주변에 넘쳐난다.

이들을 보면 마음 한구석이 불편하다. 최대 수혜자인 아이들이 부모의 이 고통과 희생의 가치를 정말 알 것인지 의문이 든다. 과연 그만큼 감사해할까? 무엇보다 이다음에 그 희생만큼 성공할 것인가?

기러기아빠의 희생과 타국에서의 고생이 아이에게 얼마나 좋은 결과를 가져올지 알 수 없지만, 이것 하나는 확실하다. 그 아이들은 밥상머리 교육을 제대로 받지 못하고 큰다는 것.

우리는 밥상머리 교육을 단순히 식사 예절을 배우는 것이라 생각하는 경향이 있다. 하지만 유대인은 자신들이 세계적인 부호, 학자, 사업가의 위치를 선점할 수 있었던 비법으로 밥상머리 교육을 꼽는다. 굳이 외국의 사례를 들지 않아도 우리네 어린 시절 조부모, 부모, 형제가 모두 모여 밥상 앞에 앉아 식사하던 기억을 떠올려보면 될 것이다. 함께 사는 이야기를 나누며 자연스럽게 잔소리도 듣고 어른들의 생각도 귀동냥하며 많은 것을 배우지 않았는가.

하버드 대학교의 캐서린 스노(Catherine Snow) 박사의 연구에 따르면 만 3세 어린이가 책 읽기를 통해 배우는 단어가 140개인데 반해 가족 식사를 통한 대화에서는 1,000여 개의 단어를 습득한다. 미국 미네소타 대학교의 공중보건학교에서 1998~1999년까지 10대 청소년 5천 명을 대상으로 연구한 결과에 따르면 가족과의 식사 횟수가 많을수록 아이가 편식하지 않고 음식을 골고루 섭취한다고 한다. 밥상머리 교육의 힘은 이뿐만이 아니다. 밥상을 함께 차리며 엄마에게 감사함을 느끼고, 그 음식을 나누며 배려를 배우고, 음식이 부족할 때는 절제를 배운다. 이 과정에서 자연스럽게 타인과 소통하는 법도 습득한다.

학습과 인성교육이 동시에 이루어지는 밥상머리 교육은 그 어떤 값비싼 교육보다 귀한 것이다. 아마도 새 컴퓨터가 작동되기 전에 하는 초기 포맷과 같은 역할이라고 하면 이해할 수 있을까?

기러기가족은 먼 친척도 아닌데 일 년에 한두 번 간신히 만날 수밖에 없다. 그나마 어색한 분위기가 좀 풀릴 만하면 헤어져야 하니 그런 상황에서 제대로 된 대화와 가정교육이 가능할 리 없다.

남편은 아버지가 외항선을 탔기에 일 년에 한두 번밖에 보지 못하며 자랐다. 아버지는 가정경제를 책임졌지만, 어쩌다 한 번 집에 와서 손님처럼 있다 떠나는 존재였다. 밥상머리 교육은커녕 집안 행사나 학교 행사도 참석하지 못했다. 그 때문에 남편은 집안에서 아버지의 역할이 무엇인지 모르고 자랐고, 가장이 되었어도 어떤 역할을 해야 하는지 몰랐다. 퇴근 후 가족과 시간을 함께하는 것, 가사에 협조하는 것에 익숙하지 않았고 해야 할 의무조차 느끼지 못했다. 나와 결혼하고 제법 시간이 흘러 이제는 남편이 따뜻한 가장 역할을 하고 있지만, 결혼 초에는 정말 집에서 잠만 자고 나갔더랬다.

아이는 부모의 뒷모습을 보며 자란다. 우리가 특별히 '교육'하지 않는 순간에도 아이는 부모의 행동을 머릿속에 저장한다. 폭력가장 밑에서 자란 아이는 폭력을 혐오해도 성장하면 자신도 모르게 폭력을 행사한다. 부모 사이에 가시 돋친 말이 오가면 아이도 타인과 대화할 때 그런 화법을 쓴다. 가족끼리 밥도 따로 먹고 부모는 서로에게 비아냥거리면서 아이에게는 칭찬의 말을 건넨들 아이가 올바르게 자랄 수 없다. 결국 모든 교육의 근간에는 가정교육이 있고, 가정교육의 저변에는 화목한 가정이라는 대전제가 깔려 있다.

아이가 자존감 높고 지혜로운 사람으로 자랐으면 하는가? 그렇다면 아이에게 단란한 가정의 모습을 보여주자. 설혹 싸우더라도 화해하고 용서하는 과정을 아이에게 보여준다면, 아이는 이를 자연스럽게 배운다. 그리고 성인이 되어 사회생활이나 가정생활을 할 때 똑같이 행동한다. 화목한 모습을 보여줘야 한다고 해서 굳이 문제가 생겼을 때도 연극적으로 단란할 필요는 없다. 싸움도 인생의 한 과정임을 아이에게 솔직하게 보여주면 된다. 부모가 싸우는 모습을 한 번도 보지 못하고 자란 아이들보다 싸우고 화해하는 과정을 같이 보고 자란 아이들의 사회성이 더 발달한다는 실제 연구결과도 있다.

아이가 성인이 되어 누구와도 어울려 살 수 있도록 윤리와 도리를 가르쳐주자. 어떻게? 함께 밥을 먹고 놀이를 하면서, 그리고 가족과 눈을 맞추고 대화하면서 말이다. 아이는 부모끼리 하는 대화를 들으며 '아! 어른들은 저런 생각을 하는구나' 하고 생각할 것이다. '가화만사성'이란 말은 괜한 소리가 아니니다.

가정교육을 할 때 한 가지 추천하고 싶은 교육법이 있다. 바로 '존댓말 대화'다. 특히 아이가 어른들에게 존댓말을 하게 해야 한다. 존댓말 대화에는 여러 가지 장점이 있지만, 특히 대한민국 사회에서는 필요한 교육이다.

우리나라는 유교 사상의 영향으로 날 때부터 나이를 중요하게 여기고 서열을 매긴다. 학번이나 군대 기수를 따지는 것은 말할 것도 없고 TV에서도 자막으로 출연자를 소개할 때 이름 옆에 나이를 같이 표시한다. 서너 살 먹은 아이들도 동네 놀이터에서 또래를 만나면 "너 몇 살이야?"라고 이름보다 먼저 묻고 관계를 맺는다. 누가 시킨 것도 아닌데 말이다. 어른들이 제대로 손가락을 접지도 못하는 아기를 만나도 "너 이름이 뭐니?" 다음으로 "너 몇 살이야?"를 제일 먼저 물어보니 아이들에게도 이런 문화가 뼛속 깊이 새겨진 게 아닌가 싶다.

그에 비해 다른 나라에서는 이렇게 나이를 중요하게 여기는 경우가 드물다. 한번은 유럽의 어느 바이어와 상담을 하다가 그 바이어의 여자 친구 얘길 한 적이 있었다. 나 역시 우리 정서에 익숙해 있는지라 동거한 지 오래됐다는 말에 여자 친구의 나이를 물어보게 되었다. "여자 친구가 몇 살이야?"라고 물었더니 그는 한 번도 생각해본 적 없다며 "모르겠는데"라고 대답했다. 연상인지 연하인지조차 모를 만큼 나이에 아예 관심이 없었다.

대문 밖으로 한 발짝만 나가면 나이로 서열이 매겨지는 정서 속에서 사는데도 어떤 아이들은 부모에게 존댓말은커녕 반말을 하고 큰소리까지 낸다. 마치 자기와 부모가 동등한 존재라는 듯이. 아니 만만한 존재라는 말이 더 맞을 것이다. 친근해 보이고 편하다는 사람도 있지만, 사춘기를 맞아 마음이 뒤틀어진 아이가 부모에게 반말로 대들며 다투는 모습을 보면 '저래도 되나?' 싶다.

부모는 또 자기가 반말을 하라고 허락해놓고도 아이가 날이 선 반말로 덤벼들면 마음이 상하고 감당하기 어렵다며 아이에게서 멀어지기도 한다. 하지만 그때 관계를 바꾸기에는 이미 늦다.

아이와 존댓말을 쓰는 건 처음엔 어색할 수 있다. 하지만 어색함 같은 건 이틀만 꾹 참으면 사라지고 생각보다 빨리 익숙해진다. 효과는 놀라울 정도다. 지연도 할머니, 고모 할 것 없이 반말을 썼다. 그 모습을 보며 문제의식을 가진 나는 아이가 6학년이 되었을 때 모두에게 존댓말을 쓰도록 했다. 지연은 존댓말이 입에 붙질 않아 처음 하루 이틀은 말수까지 줄었다. 하지만 한두 마디 건네기 시작하더니 금세 익숙해졌고, 며칠 뒤 나에게 이런 말을 건넸다.

"존댓말을 쓰니까 엄마가 선생님같이 느껴져요."

빙고! 바로 그걸 원한 거였다. 친구 같은 엄마가 아닌 엄마 같은 엄마가 되기 위한 교육, 그것이 존댓말 교육이다. 이렇게 아이와 어느 정도 거리감을 두는 게 '교육'을 위해서는 필요하다.

한 방송에서 유시민 씨에게 집에서는 어떤 아버지냐고 물었다. 그는 집에서 "아버지 같은 아버지"라며 "친구는 밖에도 많잖아요"라는 말을 덧붙였다. 친구 같은 부모가 되고 싶다는 바람은 순수하고 좋으나 그 뜻을 아이가 제대로 이해할 리 없다. 아이들은 친근하게 생각하는 것을 넘어 키워준 공을 감사히 여기기는커녕 당연하다 여기고 오히려 무시하기도 한다.

집안에서 아빠는 아빠로서 엄마는 엄마로서의 권위와 역할이 있어야 한다. 존댓말 교육은 이 과정에 큰 도움이 될 것이다.

혹시 '사육', '양육' 그리고 '교육'의 뜻을 구분하는가? 개나 고양이 같은 반려동물이나 소나 돼지를 기를 때 '사육'이라는 말을 쓴다. 무조건 필요한 것을 주고 편하게 잘 키워 내가 원하는 것, 즉 재롱이나 고기를 얻기 위함이다. '양육'은 사람이 자식을 키울 때 잘 자라도록 보살피고 기르는 것으로 신체적인 의미가 더 크다. '교육'의 사전적인 의미는 '사회생활에 필요한 지식이나 기술 및 바람직한 인성과 체력을 갖도록 하는, 조직적이고 체계적인 활동' 이다.

우리는 내 아이에게 과연 무엇을 해주고 있는가? 설마 아이의 귀여움에 푹 빠져 아이의 미래는 보지 않고 '사육'하고 있지는 않은가? 좋은 옷과 맛난 음식만 주면서 말이다.

'교육'은 위에서 설명한 것과 같이 조직적이고 체계적이어야 한다. 지금 당장 아이를 편하고 귀하게 키우는 데 신경 쓰는 '양육'만 해서도 안 된다. 부모는 아이의 미래를 위해 도리를 가르치고 어떻게 하면 아이가 자립할 수 있는지 체계적으로 고민하고 계획해서 '교육'해야 한다.

교육의 개념과 방향이 확고히 서도록 지금이라도 부부가 함께 앉아 고민해보자. 그 방향을 정했다면 아이의 투정에 흔들리지 말고 충분한 대화를 통해 설득하고 밀고 나가자.

오늘은 부부가 머리를 맞대고 곰곰이 고민해보는 시간을 가져 보는 게 어떨까? 과연 우리는 아이를 위해 '교육'을 하고 있는 게 맞는지 말이다.

# 7장

×

# 강한 엄마가 욕먹지 않는 아이로 키운다

## 어머니, 지연이에게 무슨 일이 있었던 거예요?

지연이 초등학교 6학년이 되고 몇 달 지났을 무렵, 아이의 학교생활이 어떤지 궁금하기도 하고, 담임선생님한테 인사도 드릴 겸 학교를 찾아갔다. 그날 아이의 담임선생님은 나를 처음 보자마자 이렇게 물었다.

"어머니, 지연에게 무슨 일이 있었던 거예요?"

담임선생님은 지연이 3학년 때 특별과목 담당이어서 몇몇 수업에서 아이를 가르친 적이 있단다. 그런데 그때의 지연과 6학년이 되어 다시 만난 지연은 너무나 달라서 '어떻게 저렇게 아이가 달라졌지?' 하고 궁금해하던 참이었다고 말했다. 약간 당황한 내가 물었다.

"무엇이 그렇게 달라졌는데요?"

"일단, 성적도 성적이지만 무엇보다 훨씬 적극적이고 활발해졌어요. 외형은 쉽게 바뀌어도 내적 성향까지는 달라지기 어려운데 말이지요. 혹시 무슨 계기가 있었나요?"

전혀 예상하지 못했던 그 질문은 나를 깊은 생각에 잠기게 했다.

가끔 지연도 집에 와서 친구들이 "너 옛날이랑 진짜 많이 달라졌어!", "옛날엔 분명히 공부도 안 하는 날라리였는데……"라고 놀림 반 부러움 반 이야기를 한다고 신나서 얘기하곤 했다. 그런데 선생님마저 아이가 달라진 걸 알아볼 줄은 몰랐다.

담임선생님한테는 가족사 이야기를 자세히 할 수가 없어서 적당히 얼버무리고 말았지만, 집으로 돌아오는 내내 기분이 어찌나 좋던지. "아이가 적극적이고 활발해졌어요"라는 선생님의 말이 귓가에 맴돌았다. 그동안 노력해준 지연이 기특하고 대견해 아이가 좋아하는 초콜릿 아이스크림을 한가득 사서 집으로 향했다.

선생님의 말처럼 자신의 어떤 '성향'을 바꾼다는 것은 어른에게도 아이에게도 매우 어려운 일이다. 필요성을 느낀다 해도 이미 몸과 마음에 배인 습성을 바꾸는 것은 엄청난 인내와 노력을 쏟아부어야 하는 일이다. 그것이 아무리 가벼운 습성이어도 말이다.

그러기에 4학년 아이가 1년 만에 타인이 달라졌다고 느낄 만큼 변화한다는 것은 쉽지 않은 일이었다. 반대로 아이이기 때문에 가능한 일이기도 했다. 나는 아이가 성인이 되면 마주해야 하는 현실과 직업들에 대해서 꾸준히 이야기해줬을 뿐이다. 아이는 그것을 통해 세상살이를 조금씩 알아갔고, 스스로 방향을 바꿔나가기 시작했다.

사실 말로만 현실이 어떻다고 한들 아이에게는 와 닿지 않는다. 경험해본 적 없으니 머릿속으로 그 꿈을 그릴 수 없고, 계획을 세울 수 없다. 그래서 내가 택한 것 중의 하나는 '한국 잡월드'였다. 이런 직업체험 시설에서는 직업현장 전문가와 아동 전문가의 연구를 통해 선별한 직업들을 간접 체험할 수 있다. 지연과 이곳을 돌아보면서 미래에 가질 수 있는 직업들을 경험해보고, 현실에서 좋은 평가를 받지 않는 직업들도 선택이 가능한 엄연한 직업임을 알게 되었다. 아무 편견 없이 아이가 장래희망을 직접 생각해보고 방향을 잡기를 바라서였다. 아이의 꿈은 수시로 바뀌었지만, 그것 또한 자신의 꿈을 짓고 실현해가는 긍정적인 과정이었다. 지연은 이 과정을 통해 그동안 단 한 번도 생각하지 못했던 미래에 대한 희망과 호기심을 갖게 되었다. 그리고 그 희망을 이루기 위해서는 스스로 노력해야 함을 깨달았다.

아이의 꿈은 아이 스스로 품어야 한다. 나는 지연이 선택한 방향에 가능성이 있는지, 노력하는 방법이 맞는지 아이가 미처 생각하지 못하는 부분만 검토하고 실현 방법을 조언해줬다. 다만 아이가 지쳤을 때는 재도전하도록 독려했고, 혹시 꾸고 있는 꿈이 본인과 안 맞는 건 아닌지 스스로 생각하도록 기회를 주었다.

꿈은 확고한데 아이가 나태해졌을 때는 엄하게 꾸중하고 자기 인생에 대한 책임감을 버리면 안 된다고 강조했다. 그러나 어떤 경우에도 아이가 원치 않는 꿈을 강요하지 않았다. 늘 선택과 노력의 책임이 본인에게 있음을 열심히 얘기해줬다.

처음에 지연은 그 의미를 제대로 이해하지 못했지만, 여러 번 시행착오를 겪고 그때마다 대화를 나눴더니 자신이 바라는 대로 삶이 저절로 이루어지지 않는다는 것을 깨달았다. 내가 해준 '성공은 노력에 정비례한다'는 말을 이해하고 꾸준히 실천하게 되었다.

쉽지 않은 과정이었지만, 아이는 깨달음을 얻은 뒤 순풍에 돛단 듯 스스로 발전하여 나아갔다. 이 역시 우리 부부가 한목소리를 내고 전력투구해서 도와준 결과다.

아이는 몇 살이 됐든 간에 자기가 컸다는 것을 나타내고 싶어 하고, 마음대로 하고 싶어 한다. 하지만 사춘기 전에는 부모로부터 많은 영향을 받고 의존할 수밖에 없다. 아무리 막무가내인 아이도 이때 부모가 모질게 마음먹고 바른 방향으로 지도하면 따라온다. 관건은 부모가 얼마나 아이의 문제를 제대로 인식하고 단호하게 교육하느냐다.

나는 '아이 개조 프로젝트'를 시작할 때 시한을 정해두었다. 흔한 말로 '북한도 무서워 피한다'는 중학교 2학년이 되기 전에 아이에게 목표를 갖게 하고 삶의 태도를 바꿔주겠다고 마음먹었다. 시간이 많지 않았다. 2년 남짓의 기간에 노력해보고 안 되면 그 또한 아이가 감수해야 할 결과라고 생각했다.

너무나 감사하게도 아이는 내 마음을 알아줬고, 결과는 생각보다 빨리 나타났다. 내가 강제로 끌고 온 게 아니다. 아이가 원했기에 가능한 일이었다.

그 노력을 지연은 지금도 하고 있다. 성인이 되었을 때 어떤 삶을 살고 싶은지, 그 꿈을 이루기 위해 무엇을 해야 하는지 명확히 알고 있다. 물론 구체적인 직업의 종류와 수단은 바뀔 수 있고, 또 바뀌나갈 것이다.

하지만 지연에게는 자신감이 있다. 과거 자신의 모습과 그런 자신을 바꾸기 위해 본인이 했던 노력의 과정을 알고 있기 때문이다. 자신이 다다르고자 하는 목표도 분명하고, 무엇이든 스스로 해나갈 수 있다는 믿음도 있다. 지금 지연은 편식도 하지 않고 예전처럼 자주 아프지도 않는다. 당연히 정신도 건강하다. 무엇보다 꿈과 희망이 생겼다. 우리 아이들은 모두 달라질 수 있다. 지연처럼.

몇 살이 교육의 적기라는 둥, 그 시기를 놓치면 안 된다는 둥 세간의 말에 휘둘릴 필요 없다. 그 시점이 언제든 내 아이가 가진 문제의 원인을 정확히 파악하고, 수정해나간다면 충분히 더 나은 방향으로 이끌어줄 수 있다. 그러기 위해서는 부모의 양육 태도가 중요하다. '품 안의 자식'이라는 개념을 버리고 필요에 따라 단호한 태도를 유지해야 한다. 물론 아이는 부모의 갑작스러운 변화에 저항할 것이고, 자신의 인생을 스스로 책임져야 한다는 개념을 낯설어할 것이다. 그래서 더 모질어져야 한다. 그러다 보면, 아이는 어느 순간 바뀐다. 정말 '마법'이라도 부린 듯이.

기회는 충분히 있다. 준비물도 따로 필요 없고, 돈이 드는 것도 아니다. 부모의 의지와 아이와 진지하게 마주 앉아 대화할 마음만 준비하면 된다.

자, 오늘부터 아이에게 어떤 변화가 필요한지 관찰을 시작해보는 게 어떨까?

## 잘못된 습관을 고치는 용돈 벌기

지연이 6학년 때의 일이다. 어느 날 용돈 점수표를 몇 장 프린트해달라고 하기에 이유를 물었다. 그러자 반 친구들에게 자기는 용돈을 그냥 받지 않고 벌어서 쓴다고 했더니 친구들도 그렇게 하고 싶다며 자기네 엄마한테 주겠다고 달라고 하더란다.

깜짝 놀랐다. 아이가 용돈을 벌어서 쓰는 것을 자랑스럽게 여기는 줄 몰랐고 친구들이 부러워할 줄은 더더욱 몰랐다. 같은 돈을 받더라도 무언가에 기여하고 받는 용돈은 더 당당하고 자랑스러운 모양이었다.

물론 이 제도를 적용하려면 부모가 아이에게 관심도 많아야 하고 꽤 번거롭다. 매주 항목별로 평가하고, 점수로 환산한 다음, 용돈을 줘야 하기 때문이다. 하지만 시일이 지나면 점수를 적는 것부터 용돈으로 환산하는 것까지 아이가 직접 해온다. 신나서 말이다.

이 제도의 가장 큰 장점은 아이가 잘못을 저질렀을 때 야단을 크게 칠 필요가 없다는 것이다. 잘못한 것을 짚어주고 그 정도에 따라 점수를 차등해서 주면 아이는 스스로 반성하고 후회한다.

큰소리로 혼내도 어떤 아이들은 자기 합리화를 하고 반항심만 키운다. 이런 아이에게는 점수제도를 이용하는 게 훨씬 효과가 좋다. "오늘 방이 너무 지저분하다. 바이너스 1점"이라고 한마디만 하면 아이는 바로 점수를 적고 방 정리를 시작한다. 긴 얘기가 필요 없다. 칭찬이야 아무리 길어도 상관없지만, 야단은 길게 한다고 효과가 더 좋지는 않다.

잘못된 습관을 발견할 때마다 매번 야단을 쳐서 마음의 벽을 쌓는 것보다 이러한 제도로 가볍게 고치고 넘어가는 게 좋다. 교육의 근간을 흔들 만한 심각한 문제만 혼을 내고, 이 또한 코치로서 깊은 대화를 통해 고쳐간다면 사춘기를 맞아도 자주 부딪히지 않으며 비교적 쉽게 넘어갈 것이다.

항목별 점수도 성장단계에 따라 목표에 도달하면 조금씩 높여주고 개선해야 할 습관이 어느 정도 고쳐지면 다른 습관으로 바꾸면 된다. 학년이 올라가면서 용돈의 단위도 그 나이에 맞게 바꿔주자. 아이와 협의하여 바꿔간다면 재미도 있고, 효과도 만점이다.

지연과 함께 지낸 지 얼마 안 됐을 때의 일이다. 아이 방에 머리카락이 가득한 데다 그 머리카락이 거실까지 굴러다니기에 아이 머리를 살펴보니 머리숱이 너무 적고 냄새도 났다.

"너 얼마 만에 한 번씩 머리 감는 거니?"

"3일에서 4일 정도요……."

"아니 왜? 머리는 매일 감아야 하는 거야. 안 감으니까 이렇게 머리가 빠져서 머리숱이 없잖아."

그러고는 같이 목욕탕에 가서 머리를 어떻게 감는지 지켜봤다. 또래 여자아이들처럼 긴 생머리였던 지연은 머리 윗부분에만 샴푸를 묻히고 문지르는 둥 마는 둥 했다. 그러고 나서 조금 비비더니 머리 끝자락을 잡고 대충 헹궈버렸다. 당연히 뒤통수는 물만 묻힌 꼴이었다.

그동안 할머니가 일일이 감겨주고 씻겨줘서 혼자 닦아본 적이 없는 데다 긴 머리를 헤치고 머릿속을 꼼꼼히 닦는 것이 아이에게 버거운 모양이었다. 집으로 돌아와 그동안 왜 머리가 빠진 건지 이유를 설명해주고 머리숱이 많아질 때까지 당분간 긴 머리를 자르자고 아이와 상의했다. 그 후 같이 미용실에 가서 혼자 손질하기 용이하도록 짧은 머리로 잘라주었다. 그다음으로 머리는 어떻게 감는 것인지 알려주고, 하루 중 언제 목욕하면 좋은지 정해서 지키게 했다. 물론 머리는 매일 감는 것이란 당부도 해줬다. 그러고 나서야 아이는 머리를 제대로 감게 되었고, 곧 머리숱도 많아졌다.

샤워하지 않고서는 절대 밖으로 나가지 않는 지금의 지연을 보면, 가끔 이 일이 떠오른다. 아이들은 몰라서 안 하고, 안 해서 모른다. 그래서 처음에는 부모의 강제적인 개입이 필요한 것이다.

지금은 용돈제도를 사용하지 않고 있다. 용돈제도의 원래 목적이 생활습관 개선이었고, 중학교 때까지 웬만한 생활습관들은 교정한 데다 경제관념도 배웠기 때문에 그만하기로 했다. 이제는 점수를 매겨 용돈을 주지 않지만, 지연은 지금도 용돈 기입장을 쓰고 영수증을 모으는 등 스스로 용돈을 관리한다.

용돈제도는 아이의 행동을 점수와 돈으로 평가한다는 점에서 부작용이 있을 수 있지만, 잘 이용하면 아이의 잘못된 생활습관과 나아가 성향까지 자연스럽게 개선할 수 있다.

## Bonus Page 용돈 벌기 규칙 (지연이 5학년 때 사용했던 규칙이다.)

한 달 용돈은 자신에게 부여된 의무를 다하면 그 대가로 받는 것을 원칙으로 한다. 이 규칙을 만든 건 첫째, 어른이 되면 직업을 통해 보수를 받는다는 경제관념을 배우기 위해서고 둘째, 지연의 몸에 배어 있는 나쁜 생활습관을 개선하기 위해서다.

### 규칙 상세 내용

1점은 500원이며, 매달 기본 점수 4점을 부여하고 시작한다.

| 개선할 습관 | 점수 원칙 |
|---|---|
| 씻기습관 | ◆ 이틀에 한 번씩 목욕해야 함. 머리 감으면 1점 추가.<br>◆ 자발적이어야 하고 누가 시켜서 할 때는 추가 점수 없음.<br>◆ 이틀 이상 목욕하지 않을 때는 하루에 1점씩 벌점.<br>◆ 세수·양치질을 제대로 안 하면 1점 벌점. |
| 독서습관 | ◆ 일주일에 책 한 권 이상 읽으면 한 권당 1점 추가.<br>◆ 일주일에 한 권 미만이면 1점 벌점. |
| 공부습관 | ◆ 단원 평가 시험에서 100점을 맞으면 4점 부과(과목별로 점수 부과).<br>◆ 학기말고사에서 100점을 맞으면 6점 부과(과목별로 점수 부과).<br>◆ 주말 영단어 시험에서 100점을 맞으면 2점 추가. 90점 이상 1점 추가(80점 미만 1점 벌점). |
| 식습관 | ◆ 편식 없이 잘 먹으면 일주일에 2점씩 추가.<br>◆ 특정 음식을 남기거나 안 먹겠다고 거부하면 1점 벌점.<br>◆ 점수에 상관없이 채소를 잘 먹어야 간식 먹을 수 있음. |

| 생활습관 | ◆ 손톱에 연필로 칠하거나 책 모서리를 손가락으로 문지르면 1점 벌점.<br>◆ 책상 정리, 옷 정리가 잘되어 있으면 일주일에 1점 추가, 정리가 안 되고 지저분하면 1점 벌점.<br>◆ 자기가 한 잘못을 다른 사람 탓으로 돌리거나 핑계를 대면 4점 이상 벌점.<br>단, 자신의 잘못을 솔직히 인정하면 용서하고 4점 이상 추가.<br>◆ 사소한 거짓말일지라도 상황에 따라 큰 벌점 부과(5~10점 벌점).<br>◆ 얼음공주 벌(일정 장소에 10분 동안 무릎 꿇고 앉아 있기) 또는 엎드려뻗쳐 등을 할 수 있음. |
|---|---|

※규칙으로 정한 것 외에도 착한 일 또는 잘한 일이 있을 때는 점수를 추가로 주고 나쁜 행동을 했을 때는 벌점을 부과한다.

## Bonus Page 용돈점수표

### ______ 월 점수표

( 1점 = 500원 )

| | 1주 | | 2주 | | 3주 | | 4주 | | 5주 | | 종합 |
|---|---|---|---|---|---|---|---|---|---|---|---|
| 씻기 습관 | 머리 | 1 | | | | | | | | | |
| | 목욕 | 1 | | | | | | | | | |
| | 세수 | | | | | | | | | | |
| | 양치 | | | | | | | | | | |
| 독서 습관 | 해리 포터 | 1 | | | | | | | | | |
| | | | | | | | | | | | |
| | | | | | | | | | | | |
| | | | | | | | | | | | |
| 공부 습관 | 국어 시험 90 | 2 | | | | | | | | | |
| | 수학 시험 88 | 0 | | | | | | | | | |
| | 단어 시험 92 | 1 | | | | | | | | | |
| | | | | | | | | | | | |
| 식습관 | 모두 먹음 | 2 | | | | | | | | | |
| | | | | | | | | | | | |
| | | | | | | | | | | | |
| | | | | | | | | | | | |
| 생활 습관 | 책상정리 미흡 | -1 | | | | | | | | | |
| | | | | | | | | | | | |
| | | | | | | | | | | | |

| 기타 활동 | 우편물 정리 | 1 | | | | | | | | | |
|---|---|---|---|---|---|---|---|---|---|---|---|
| | | | | | | | | | | | |
| | | | | | | | | | | | |
| | | | | | | | | | | | |
| | | | | | | | | | | | |
| 총점 | | 8 | | 0 | | 0 | | 0 | | 0 | 0 |

| 이번 달 용돈 | 500원 x 총점수 = 원 |
|---|---|

## 세 살 버릇 진짜 여든까지 간다

내가 평생 마음에 새기고 사는 옛 속담 중에 '세 살 버릇 여든까지 간다'가 있다. 특히 지연을 만나 교육이라는 것을 하면서 더욱 절실히 공감했다. 지금 아이는 나를 만났던 초창기에 비해서 매우 달라졌지만, 그래도 가끔 '만약 좀 더 어릴 때부터 지연을 다른 육아법으로 키웠다면 더 좋지 않았을까?' 하고 여러 번 생각했었다.

아무리 적극적으로 변했다 해도 타고난 게 아니었기에 지연은 예전의 습성으로 돌아가지 않기 위해서 많은 노력을 기울여야 했다. 그럼에도 못 넘는 선은 분명히 있었다. 기본적으로 책 읽는 습관이 배어 있지 않았다. 독서의 즐거움을 스스로 깨친 적이 없으니 독서를 의무처럼 느끼고 괴로워했다.

혼자 공주처럼 커온 기간이 길었던 탓에 남의 상황을 이해하거나 배려하지 못해 실수하는 경우도 많았다. 그럴 때마다 지적해주긴 했지만, 근본을 바꾸기란 그리 쉽지 않았다. 다행히 지연은 반드시 고쳐야 한다고 이성적으로 생각했기에 힘들어도 애를 썼다. 그런 아이의 모습을 보며 나는 세 살 버릇이 더 아쉬웠다.

교육에 관심이 있는 사람이라면 '마시멜로 이야기'를 한 번쯤 들어봤을 것이다. 당장 먹고 싶은 유혹을 이겨내면 2배의 보상을 받는다는 월터 미셸(Walter Mischel)의 '스탠퍼드 마시멜로 실험' 이야기인데 이 실험 이후 아이들을 추적 조사한 결과가 흥미롭다.

이 실험에서 인내심을 가지고 2배의 보상을 받았던 아이들은 참지 못하고 마시멜로를 먹어버린 아이들과 다른 미래를 맞이했다. 참은 아이들은 미래에 중독 가능성이 7분의 1 수준으로 훨씬 낮았고, 연봉도 많이 받았으며, 미국의 대학 입학 테스트인 SAT 점수도 200점 이상 높았다. 어려서부터 참을성이 있는 아이들이 커서도 자신을 제어하고 목표를 달성해내서 더 성공적인 삶을 산다는 결과다.

모든 아이가 마시멜로를 먹지 않는 인내심을 가졌으면 좋으련만 그렇지 못한 아이가 훨씬 더 많다. 어찌하면 아이에게 이러한 참을성을 조금이라도 키워줄 수 있을까? 과연 아이를 강제로 다그쳐서 될 일일까?

카이스트 바이오 및 뇌공학과 교수 정재승 박사는 아이들이 이러한 인내심을 즐기면서 키울 수 있도록 방법을 달리해줘야 한다고 말한다. 강제나 억압보다는 놀이를 즐기면서 자연스럽게 인내심을 기르도록 유도해야 한다는 것이다.

그런 측면에서 나도 지연의 인내심을 키우기 위해서 좀 더 현명한 방법을 써볼걸 하는 후회를 가끔 한다. 시간이 촉박하다는 조바심에서 좋은 습관을 만드는 과정을 놀이로 하기보다는 야단을 치거나 강제적인 방법들을 제법 썼으니 말이다.

즐기면서 아이에게 좋은 습관을 들이는 건 정재승 박사같이 특별한 능력이 있어야만 가능한 게 아니다. 모든 부모가 조금만 고민하면 할 수 있다. 예컨대 밥 먹는 습관이 안 좋은 아이에게 엄마와 누가 더 잘 먹는지 내기하며 밥을 먹자고 제안한다든가, 인내심을 키우기 위해 먹고 싶은 것을 잠깐 참게 하되 다른 놀이 과제를 줘서 목표물에 집착하지 않도록 해주는 것도 일상적으로 할 수 있는 방법이다.

분명한 것은 인내심이 아이가 인생을 살아가는 데 반드시 필요한 기본 요소라는 것이다.

아이가 밥을 잘 안 먹을 때는 나름대로 무언가 다른 방안이 있어서다. 정상적인 아이라면 한두 끼 안 먹는다고 큰일 나지 않는다. 과감하게 "오늘은 먹기 싫은가 보구나. 그럼 이따 저녁때까지 간식은 없어" 하고 정해진 시간이 지나면 상을 과감히 치워보자. 그리고 다음 식사 시간까지 아무리 졸라도 아무것도 안 주면 아이는 밥 먹는 것을 가지고 더 이상 속을 썩이지 않는다. 그 한 끼를 부모가 못 견디는 것이 문제다. 안쓰러워서 지레 항복하고 만다. "어휴 어떻게 그래요. 요즘 애들은 그렇게 키우면 안 된다던데……" 하면서 말이다.

하지만 이건 단순히 밥을 먹고 안 먹고의 문제가 아니다. 이런 과정을 통해 아이는 밥만 잘 먹게 되는 것이 아니라 그릇된 생각은 관철되지 않는다는 세상의 원칙을 배우게 된다. 부모에게 굴복하는 것이 아니라 부모의 교육을 받아들이기 시작하는 것이다.

무조건 아이가 원하는 대로 모든 것을 주기만 하면 아이는 그 사랑이 당연하다고 여기며 이기적인 사람으로 자란다. 하지만 노력 없이는 아무것도 공짜로 얻을 수 없다는 걸 가르쳐주고 고마움을 표현하도록 유도하면 아이는 '보답의 메커니즘'을 배우고 배려심을 키운다. 아이와도 적당한 밀당이 필요한 법이다.

아이가 자신만 아는 사람으로 살지 않도록 세상을 살아가는 기본 예의와 타인을 위한 배려심과 같은 도리를 세 살 아기 때부터 알려주자. 아무리 어리더라도 아무 데서 아무렇게나 행동해도 된다는 관념을 심어줘서는 안 된다. 어려서부터 조심하는 습관을 들여야 매사에 신중한 아이가 될 수 있다. 앞서 이야기했듯 잘못된 행동을 바로잡아주는 훈육은 자존감과 아무 관계가 없다. 오히려 잘못된 행동을 고치고 바르게 행동할 때 칭찬을 통해서 아이의 자존감을 높여줄 수 있다.

이 교육이야말로 부모가 아이에게 가르쳐야 할 핵심이다. 그래야 아이가 커서 그동안 키워주느라 고생한 부모에게 감사할 줄 안다. 이토록 훌륭히 길러준 노고에 감사의 마음을 품는 사람으로 키우는 것은 아이를 위해서도 아주 중요한 일이다. 나이가 어릴 때는 부모에게 의존적이므로 오히려 이런 교육을 하기 쉽고 효과적이다. 이 중요한 시기를 너무 어리다고 안쓰러워하며 놓치지 않기를 바란다.

우리는 어른이 되어서도 한결같이 인성이 변하지 않는 사람들을 보면서 "사람은 절대 바뀌지 않는다"는 소릴 자주 한다. 신체는 시간의 흐름에 따라 변하기 때문에 그에 따라 사람들의 생각이나 태도도 변할 거라는 기대감을 품는다. 하지만 노년기에 접어들어도 생각이 성숙해지기는커녕 점점 더 좁아지고 어린아이처럼 변하는 예를 주변에서 보곤 한다.

이러한 습관은 태어날 때 가지고 나오는 것이 아니다. 자라는 과정에서 학습된 것이다. 그러니 육아를 할 때는 늘 아이의 미래를 생각하면서 부모의 태도를 결정해야 한다.

아프리카에는 '한 아이를 키우려면 온 마을이 필요하다'는 속담이 있다. 하지만 현재의 대한민국엔 '할아버지의 재력과 아버지의 무관심, 그리고 엄마의 정보력'이 아이를 키운다는 말이 돈다. 그럼 인성은 어디서 배우는 걸까?

중언부언이 되더라도 다시 한 번 강력하게 말하고 싶다. 아이의 인성 교육은 부모가 아니면 그 누구도 해줄 수 없다고. 알파벳이나 곱셈은 유치원이나 학교에서 얼마든지 배울 수 있지만 사람 되는 교육은 엄마, 아빠 그리고 주변 가족밖에 해줄 수 없으니 이들이 가장 중요한 선생님이다.

갓 뒤집기 시작하는 어린아이 때부터 교육을 시작하자. 그 밑천으로 아이는 평생을 살아갈 테니까 말이다.

## 따뜻한 엄마보다 냉정한 엄마

"헉!" 후다닥! 쾅!

어느 날 아침 지연이 얼굴에 물도 제대로 못 바르고 교복 대충 꿴 채 뛰어나가길래 시계를 보았다. 등교 시간이 10분 정도 남았기에 '우리 지연이, 열심히 뛰어가야겠구나' 생각하며 출근을 위해 밖으로 나왔다.

맞벌이인 데다 출장이 잦았던 나는 아이의 등교 준비를 도와줄 수가 없었다. 그래서 아이에게 아침에 혼자 일어나 아침 공부를 한 뒤에 등교 준비를 하라고 당부했었다. 어쩌다 늦잠을 자도 깨워주지 않았다. 물론 지각하면 생활기록부에 문제가 생길 수 있다는 걱정을 안 한 건 아니다. 하지만 다른 사람에게 의존하지 않고 스스로 일어나는 습관을 들이려면 지각 한두 번은 감수하자고 마음을 정했다.

다른 엄마들과 이런 이야기를 하면 마음은 그러고 싶지만, 막상 실제로 닥치니 그렇게 안 된다고 얘기한다. 마음은 이해되지만, 엄마는 선택해야 한다. 현재 아이의 의존심, 아니면 미래의 자립성 중에서 말이다.

걱정되서 한두 번 깨워주기 시작하면 아무리 혼자 일어나라고 해도 아이는 설마 깨워주겠지 하는 생각에 절대로 스스로 일어나는 습관을 들이지 않는다. 지연도 워낙 잠이 많은 아이라 나도 잠 문제는 극복하기 어려울 줄 알았다. 그런데 지연이 5학년 때 친구들과 놀이공원에 가기로 했다며 새벽에 혼자 일어나서 나가는 모습을 보았다. 간절하면 지연도 긴장의 끈을 놓지 않고 해낸다는 것을 그때 알았다.

유독 저녁잠이 많은 지연은 중학생이 되어 해야 할 공부량이 많아지니 저녁마다 책상 앞에 앉아 자주 졸았다. 무슨 짓을 해도 다른 아이들처럼 늦게까지 버티지 못했다. 그래서 아예 좀 일찍 자고 일찍 일어나보자고 제안했더니 지연도 흔쾌히 동의했다. 일찍 자되 일찍 일어나서 맑은 정신으로 단어 암기, 예습, 하루 계획 짜기 등을 하기로 하고 새벽 5시 기상을 약속했다. 그렇다고 해서 일찍 일어나는지 공부를 하는지 따로 확인을 하진 않았다. 그래도 아이는 알람을 맞추고 이른 시간에 일어나 아침 공부를 하고 등교 준비를 했다. 지연은 지금도 아침 6시에 일어나서 공부하는 것을 그리 힘들어하지 않는다.

일찍 일어나서 공부하기로 마음먹은 건 지연이 중학교 때 함께 읽은 《공부는 내 인생에 대한 예의다》(쌤앤파커스, 2011)의 저자 이형진의 이야기를 본 후부터다. 그가 학창 시절 선택한 공부 방법을 본 지연은 일찍 일어나서 공부하겠다고 결정했다. 아이는 이형진의 일화를 보며 자신의 인생을 위해서는 있는 힘껏 노력하지 않으면 안 된다는 개념을 이해하게 되었다.

때에 따라 힘들어하기도 했지만 난 아이에게 혼자 시계를 여러 개 맞추고 일어나도록 기상습관을 들였다. 그러다 게으름을 부리는 날은 혼쭐을 냈다. 무언가를 아이가 스스로 이루려면 포기라는 고비를 견뎌내야 한다. 그 한두 번의 고비에서 아이가 불쌍하다며 부모가 원칙을 무시하면 절대로 강한 아이가 될 수 없다.

요즘 엄마들은 아이의 숙제와 준비물을 메신저 어플리케이션을 이용해 직접 선생님이나 아이 친구들에게 물어본다. 요새는 아예 알림장 어플리케이션이 생겨서 집에서도 엄마가 직접 아이의 준비물과 과제를 확인하고 도와줄 수 있다. 과연 이 편리함이 우리 아이들에게 좋은 걸까?

이유를 물어보면 "요즘 애들은 그런 걸 잘 못 챙기잖아요!"라고 한다. '요즘 애들'이 특별히 못 챙길 이유는 없다. 요즘 애들이 그러는 건 '요즘 엄마들'이 그런 습관을 길러주지 못해서다. 스스로 숙제를 안 챙기면 학교에 가서 선생님한테 야단을 맞거나 벌을 받게 하는 편이 낫다. 그래야 아이가 다음에 같은 행동을 안 한다. 엄마가 챙겨주는 한, 아이는 이 귀찮은 일들을 스스로 해야 할 이유가 없다.

지연의 머리숱 문제도 같은 맥락이다. 앞서 아이의 머리가 너무 많이 빠지자 머리카락을 자르게 하고, 제대로 머리 감는 법을 가르쳐줘 치료했다고 말한 바 있다. 아마 다른 엄마들이라면 병원의 두피클리닉부터 데리고 갔을 것이다. 그러나 나는 눈앞의 현상만 해결해서는 문제가 없어지지 않는다고 생각했다. 문제의 근원은 아이가 머리를 제대로 감지 않아서인데, 근원은 고치지 않고 클리닉을 보내면 같은 일이 반복될 게 분명했다. 평생 내가 옆에서 아이 머리를 감겨줄 수도 없지 않은가.

아이에게 문제가 발생했을 때 부모가 할 일은 아이의 습관이나 성향과 연결해 그 근원을 파헤치는 작업이다. 그런데 많은 부모가 눈앞의 현상만 해결하고 근원을 간과하는 경향이 있다.

지연은 알약을 잘 삼키지 못했다. 하지만 아이의 약한 면역력을 올려주기 위해 반드시 먹어야 할 약이 있었다. 나는 아이의 면역력을 높이기 위해 알약 먹는 연습을 시켰다. 처음에는 비타민C 알약을 준비해 반으로 잘라 삼키는 연습을 시켰는데 쌀알 반만 한 아주 작은 약 조각도 삼키지 못하겠다며 뱉어낼 때는 나도 모르게 손이 올라갔다. 열흘 넘게 하루에 물을 몇 컵씩 마셔가며 연습해도 아이는 알약을 삼키지 않았다.

그런데 마법 같게도 아이가 고집을 포기하자 자연스럽게 알약이 목으로 넘어가기 시작했다. 본인도 이 상황을 매우 신기해했다.

이렇게 지연은 면역력을 키우는 계기를 마련했고, 그 후로 약을 안 먹어도 되는 건강한 아이가 되었다. 전에는 아이 건강을 위해 한약과 홍삼을 빠뜨리지 않고 먹였는데도 때만 되면 감기에 걸렸다. 알약 먹기 연습이 면역력을 올려준 것도 있지만, 아이에게 자신의 건강에 대한 책임감을 심어줬기에 건강해진 것이 아닐까 생각한다. 해결법은 때로 이렇게 엉뚱한 곳에서 나온다.

그런데 요즘 엄마들은 아이들의 등이 굽으면 일단 비싼 돈을 주고 배를 앞으로 기대고 앉는 의자부터 사준다. 얼핏 보기에는 책상 앞에서 허리를 펴고 앉는 것 같지만, 의자에서 내려오면 허리가 굼벵이처럼 휘어버린다. 허리가 굽는 근본 원인은 등과 배에 근육이 부족하고, 평소 스마트폰에 빠져 구부리고 앉아 있어서다. 그런데 근원을 보지 않고 일단 배를 기대고 앉는 의자부터 사주니 오히려 허리에 근육을 더 없애는 처방을 내리는 셈이다.

허리 근육 강화를 위한 몇 가지 근력 운동만 집에서 매일 시켜도 아이는 달라진다. 꾸준히 운동을 시키고, 스마트폰이나 태블릿 PC를 보지 않도록 관리해야 한다. 평상시 소파에 앉을 때도 깊숙이 기대어 앉지 않도록 하고, 허리를 곧게 펴고 똑바로 앉게 해야 한다. 습관으로 밸 때까지 끊임없이 확인하고 관리해줘야 한다.

물론 강제로만 시킬 게 아니라 아이에게 계속 구부리고 앉으면 허리디스크 문제로 수술할 수 있고, 철심을 박고 살 수 있으며 완치도 어렵고 평생 고통 속에 살아야 한다고 설명을 충분히 해줘야 한다. 그래야 아이 자신도 이유를 분명히 알고 노력하겠다 마음먹을 수 있다.

이제 지연은 고등학교 3학년이 된다. 그동안 노력한 변화의 결과를 점검하고 어른이 되기 전 진로를 결정하는 중요한 시기다. 며칠 전 주말, 집에 온 지연에게 말했다.

"네가 잘 알아서 해. 어떤 결과가 나오든 너의 선택이니까. 물론 앞으로 펼쳐질 몇십 년 인생을 좌우할 수 있는 중요한 일 년이라는 거 명심하고. 후회 없는 일 년이 되도록 노력하길 바란다. 이제부터는 과거처럼 우리가 많은 부분을 도와줄 수가 없어. 진짜 네 인생이 시작되는 거야. 알았지?"

다른 엄마에게 이 이야기를 했더니 눈을 동그랗게 뜨고 "우와, 살벌하다!"라고 말했다. 하지만 분명히 사실만 이야기해준 것이다. 어떻게 포장하든 아이가 자신의 인생을 결정하고 책임져야 한다는 사실에는 변함이 없으니까.

엄마가 너무 정이 많으면 아이가 강해지지 못한다. 강한 아이를 원한다면 엄마부터 냉정해질 필요가 있다.

## 길 위에 선 아이가 혼자 걸어갈 수 있도록

지연은 처음 내가 생각했던 것보다 활동적인 아이였다. 아이에게 점차 자신감이 생기면서 제법 활발한 아이들을 친구로 삼게 되었다. 그러더니 어느 날에는 저희들끼리 버스를 타고 놀이동산에 놀러 가겠다고 하고, 자격인증시험 정도는 혼자서 다녀오기 시작했다. 초등학교 때 허락받고 생일에 친구들과 노래방을 다녀와서 뿌듯해하던 모습이 눈에 선하다.

나는 지연을 배고프면 혼자 라면도 끓여 먹고, 학교 갈 때 혼자 버스 타고 다니던 우리 클 때와 별다를 것 없이 키우려고 노력했다. 얼마 전에는 학교 셔틀버스 시간을 잘못 알고 늦게 나간 아이를 차로 데려다주지 않고 택시를 태워 보냈다. 게으름의 대가가 어떤 것인지 느끼게 해주려는 이유에서였다. 물론 차 번호판과 기사 표시판을 사진으로 남기는 등 확실히 확인하고 태워 보냈다. 그 후로 아이는 같은 실수를 다시 하지 않았다.

요즘 아이인 지연을 키우다 보니, 요즘 아이들은 '유전자가 달라진 게' 아니었다. 요즘 부모들이 자기 어릴 때와는 다르게 키우고 싶어 했기에 이런 상황이 펼쳐진 것이다.

지연이 나와 함께한 이후로 가장 달라진 점을 꼽으라면 자존감일 것이다. 처음엔 도진하는 것을 두려워하고 망설이던 아이가 용기를 내서 도전하고 좋은 결과를 내면서 조금씩 자신감이 붙었다. 이제는 도전도 두려워하지 않고 실패도 감수한다. 해낼 수 있다고 자신을 믿고 재도전도 흔쾌히 한다. 자존감이 높아진 것이다.

아이가 초등학교 5학년 때 처음으로 많은 사람 앞에서 영어로 말하는 대회에 서게 했었다. 나의 출장 스케줄 때문에 아빠가 따라갔었는데 무대에 서기 전까지 덜덜 떨며 화장실을 수시로 다녀오더란다. 하지만 막상 무대에 올라서는 떨지도 않고, 또박또박 잘하고 내려왔다며 얼마나 좋아하던지……. 그날 우리 부부는 지연이 강인한 아이라는 것을 확신했다. 아이는 생각보다 배짱도 있었다. 웬만한 시험은 긴장해서 실수하는 일이 없었다. 그만큼 준비를 해서인지 아니면 그런 아빠의 유전자를 타고나서인지 모르겠지만 말이다.

하지만 이러한 지연의 성과는 아이를 벼랑 앞으로 내몰고 냉정히 지켜보지 않았다면 맞이하지 못했을 것이다. 벼랑 아래 안전망을설치하되 몰래 설치하고 아이 스스로 두려움을 극복하고 어려움을 헤쳐갈 수 있도록 한 덕이다. 세상은 살벌한 위험이 곳곳에 숨어 있는 지뢰밭 같은 곳이기에 그렇게 교육했다. 언제까지나 아이를 품에 넣고 보호해줄 수 없으니까.

가스레인지에 데일까 봐 근처에 가지도 못하던 지연에게 나는 불 켜는 방법부터 안전하게 뒷정리하는 법까지 자세히 가르쳐주고 실습까지 시켰다. 아이가 먹고 싶을 때면 언제든 끓여 먹고 볶아 먹게 하려고 말이다. 그렇게 하지 않았다면 지금도 누군가 끓여주는 밥을 기다리다 배를 곯았을 것이다.

'물고기를 잡아주지 말고 물고기 잡는 법을 가르쳐주라'는 이 흔한 말이 때론 뼛속까지 와 닿는다. 지금 스스로 사는 법을 가르쳐주지 않고 물고기를 줘 버릇하면 평생 잡아줘야 한다. 과연 우리가 물고기를 평생 잡아줄 수 있을까? 세상은 빠르게 바뀌고 우리는 늙고 있지 않은가?

우리 부부는 지연에게 "대학을 졸업하면 무엇을 하든 모든 생활은 알아서 책임져야 한다. 그리고 우리가 죽더라도 아무것도 물려주지 않을 것이다"라고 귀에 못이 박히도록 이야기한다. 우리도 빈손으로 시작해서 이만큼 이뤘으니 본인이 얼마나 노력하느냐에 따라 성공할 가능성도 커진다고 말해준다.

심지어 그동안 가르치느라 들인 돈도 이다음에 아이가 벌게 되면 조금씩이라도 갚아야 한다고 말한다. '책임감을 키워주기 위해서', '세상엔 공짜가 없다는 걸 알려주기 위해서', '도리가 무엇인지 알려주기 위해서' 그리고 '진짜 세상은 홀로 서서 살아가야 한다는 걸 알려주기 위해서' 말이다.

독일에 사는 조카딸은 고등학교만 졸업하면 집에서 쫓겨날 판국이란다. 독일인 아빠가 고등학교를 졸업하면 독립해야 한다는 신념이 확고하기 때문이다. 팔쥐 엄마인 나조차도 좀 이르지 않으냐고 물으니 그 나이면 혼자 사는 데 문제가 없다며 당연히 여긴다.

우리 남편도 아이가 결혼 전 독립하는 것에 대해 부정적이었다. "그래도 여자아이인데……" 하면서 말이다. 아직 다 내려놓지 못하는 부모의 마음이 이럴 것이다. 그게 언제가 되든지 자식을 성인이라고 여기는 시점부터는 자식을 내려놓고 스스로 삶을 살아가도록 기회를 줘야 한다. 그래야 아이는 자기 삶의 주인으로 살 수 있다.

미래에 어떤 상황이 벌어질지 모른다는 불안감은 모든 부모가 갖고 있다. 그럼에도 불구하고 아이에게 성인이 되면 스스로 책임지고 살아가야 한다는 것을 확실히 인식시켜주라고 조언하고 싶다. 아이가 나름 마음의 각오를 다질 수 있도록 그것도 구체적인 그 시기와 방법을 정해주자. 그렇게 준비를 철저히 할 때 아이는 세상에 나와 더 열정적으로 살 수 있다. 이런 위기의식은 세상을 살아가는 데 반드시 필요한 긴장감이 된다.

그렇게 성인이 되어 독립한 후에는 내 아이가 아니라 성장한 인격체로, 독립적인 타인으로 바라봐주자. 시집 장가를 갔으면 죽을 끓이든 밥을 끓이든 간섭해서는 안 된다. 그래야 진정한 독립인 것이다. 세상엔 다양한 사람과 다양한 삶의 방향이 있다. 어떤 선택을 하든지 그것은 내 자식의 몫이니 불편한 시부모도 까다로운 장인 장모도 되서는 안 된다.

검소하기로 소문난 엄마가 있었다. 대학을 다니는 딸아이에게 남대문에서 5천 원짜리 티셔츠만 사주고, 용돈도 정말 조금 줬다. 욕을 먹을지언정 천 원 한 장 남에게 내놓지 않는 지독한 엄마였다. 그리고 아이가 매사 자기가 바라는 대로 따라 하길 바랐다. 물론 엄마가 옳다고 생각하는 방향으로 말이다.

그런데 이런 자린고비 엄마 밑에서 자란 딸이 어느 날부터 심각한 우울증 증세를 보였다. 지나치게 강압적인 엄마의 태도에 아이는 자존감이 바닥에 떨어졌고 돌파구가 없다고 믿었다.

그 엄마에게 왜 이렇게까지 했느냐고 물으니 "다 자식 주려고 악착같이 돈을 모은 건데 왜 그걸 모르는지 모르겠다"고 하면서 더 억울해했다. 검소하게 키워 모은 재산을 물려주려 했단다. 하지만 혼자서는 아무것도 할 줄 모르는 아이로 만들어놓고, 또 아무것도 충족해주지 않았으니 아이는 자존감이 바닥으로 떨어지고 우울증에 빠지고 만 것이다. 자식에게 무엇을 남겨주는 것보다 필요한 시기에 필요한 교육을 해주고 스스로 연습할 자율권을 주는 게 더 중요하다.

이는 부모에게도 중요한 일이다. 자식에게 부담 주지 않는 노후를 준비하는 것도 자식 사랑의 표현이니까 말이다.

나는 가끔 엄마들에게 묻는다.

"본인이 자식보다 더 오래 살 것 같은가요? 아니면 더 오래 살기를 바라나요?"

어느 부모도 둘 다 원하지 않을 것이다. 그렇다면 부모 없이 살아갈 날들을 위해서 아이가 홀로 서서 씩씩하게 살아가도록 응원해주고 인정해줘야 한다. 아무리 많은 재산을 물려줘도 소용없는 경우가 얼마나 많던가? 사랑한다면 사랑하는 만큼 강한 아이로 만들어 세상에 나가게 해주자.

'무소의 뿔처럼 혼자서 가라'는 불교 경구가 있다. 부모는 그렇게 홀로 선 장한 아이에게 박수를 쳐주는 관객이면 된다. 내 아이는 믿고 보는 훌륭한 배우고, 우리는 영원히 변치 않는 든든한 관객이니까.

에필로그

# 인생에는 리셋 버튼이 없다

내가 육아 관련 책을 쓴다니까 아는 엄마가 심각한 표정으로 올해 고등학교에 들어간 아들에 대해 걱정했다.

"아이가 계속 스마트폰만 보고 공부도 안 하고 책도 안 읽어서 걱정이야. 어떻게 하면 될까? '공부는 학교와 학원에서 많이 했으니 집에선 좀 쉬어도 되잖아!'라고 하면서 말이야. 말이나 못하면! 그런데 아이가 커서 특별히 하고 싶다는 것도 없고 중학교까지는 그럭저럭 따라갔는데 고등학교 올라와서 성적은 점점 떨어지고 어떻게 해야 할지 모르겠어."

사실 난 이 엄마에게 딱 부러진 조언을 해줄 수 없었다. 생각해 보면 그녀는 아이가 어렸을 때 늘 말하곤 했었다.

"난 아이한테 별로 간섭하고 싶지 않아. 자기가 하고 싶은 거 하면 됐지 뭐."

그녀의 얘기만 들으면 마치 아이가 스마트폰만 가지고 놀며, 미래에 대한 꿈이 없어 노력을 안 한다는 문제만 있는 것처럼 보인다. 하지만 이러한 문제는 빙산의 일각일 것이다. 그 밑에 숨은 근원과 그에 얽힌 복잡한 문제들을 보지 못하고 있는 것이다.

단순히 스마트폰을 없애버리라고 할 것이 아니라 과거의 습관과 생활방식에서 원인을 찾아내고 해결 방법을 찾아야 한다. 아이의 세 살 버릇부터, 삶을 바라보는 가치관과 미래에 본인이 짊어지고 갈 인생을 얼마나 현실석으로 생각하느냐도 알아봐야 한다. 부모와의 관계에도 문제점은 없는지까지 포괄적으로 검토해봐야 고칠 수 있는데 나에게 간단히 눈앞의 현상을 치유할 방법을 물으니 말문이 막혔다.

많은 엄마가 아이가 어릴 때는 '애가 하고 싶은 거 하게 해주지 뭐! 나중에 크면 다 알아서 하겠지' 하다가 대학 진학이 점점 다가오면 슬슬 그 심각성을 깨닫고 고민한다. 하지만 그때가 되면 교정할 수 있는 게 그리 많지 않고, 쉽지도 않다.

인생에는 리셋 버튼이 없다. 내가 용기를 내어 이 책을 쓴 이유도 바로 그 때문이다. 이미 문제가 생긴 후에 아이를 치유하는 것보다 문제가 생기기 전에 바른 인성을 가지고 살아가도록 일찍부터 교육하는 것이 훨씬 수월하고 중요하다.

내 딸 지연은 초등학교 5학년이 다 되어서야 기존 삶의 방식을 하나씩 바꾸어가기 시작했다. 아이와 나 모두에게 힘들고 고통스러운 시간이었다. 그야말로 '마음 대수술'이었으니까. 나도 무엇 하나 쉽지 않았으니 당사자는 더욱 그랬을 것이다.

지난 노력을 모르는 누군가가 지연을 본다면 원래 아이가 잘 타고난 게 아니냐고, 혹은 여자아이라서 쉬웠던 게 아니냐고 할 것이다. 하지만 아이에게나 어른에게나 기존의 가치관과 생활방식을 바꾸기란 매우 어려운 일이다. 게다가 지연은 은근 고집까지 있었다.

사실 아이 키우는 얘기를 하다 보면 부모들은 내 이야기에 공감하면서도 실천은 어려워한다. 아이가 어린 경우에는 '그래도 아이인데 아직 뭘 알겠어?' 하면서 교육을 미룬다. 어느 정도 커서 말을 잘 듣지 않게 되면 '우리 애는 달라! 어휴, 몰라서 그래'라며 손댈 엄두를 못 낸다. 어디서부터 바로잡아야 할지 모르는 것이다. 내 아이의 인생이 달린 문제인데 말이다.

내가 지연을 이렇게까지 달라지게 만들 수 있었던 것은 불행인지 다행인지 아이를 객관적으로 바라볼 수 있었던 덕분이다. 아이의 장단점을 있는 그대로 볼 수 있다 보니 냉정한 판단이 가능했다. 그리고 오랜 직장생활로 사회가 필요로 하는 인재상을 알고 있었기에 아이의 미래 모습을 그 인재상에 투영해보면서 필요한 방법들을 고안해서 적용할 수 있었다.

우리 엄마들도 수행비서처럼 아이를 모시고 다니기보다 아이 스스로 원칙을 지키면서 단점을 고쳐가도록 한 발짝 떨어져서 관리할 필요가 있다. 적성에 맞는 분야를 아이 스스로 선택하도록 기회를 주고, 그 목표를 위해 노력하는 것을 지켜보는 게 부모의 몫이다.

작은 실패도 아이가 어릴 때 직접 경험하도록 유도해주자. 그래야 장차 성장해서 실패해도 담담히 다시 일어날 수 있는 근육이 생긴다. 그것을 '마음 근육'이라고 하는데 여러 번의 경험으로 그게 단단해져야 성인이 되어 실전에서 실패하지 않는 방법을 터득하게 된다. 또 우리 부모가 먼저 저세상으로 가더라도 홀로 자기 가족을 책임지며 또 자기 자식을 낳아 올바르게 기르며 살 것이다. 지금 떠먹여주는 이 한 숟가락이 아이에게 양분이 아니라 독이라 생각하고 아이에게 숟가락을 들려준 다음 스스로 먹을 수 있도록 지켜보자.

자식은 부모의 거울이라고 한다. 과연 아이에게 투영된 우리의 모습은 어떤 모습인가? 지금 아이를 한번 가만히 바라보자. 어떤 모습이 보이는가? 어떤 모습이건 그 모습은 아이 혼자 만든 것이 아니다. 지금이라도 아이가 달라지길 원한다면 무엇부터 잘못된 것인지 생각해보고 마음 아프더라도 부모의 생각과 태도를 바꿔야 한다.

좋은 성적과 명문 대학이 반드시 성공을 보장한다는 공식은 성립하지 않는다. '행복은 성적순이 아니다'라는 말은 오늘날 더욱 확실한 명제가 되었다. 무슨 일이든 열정을 가지고 최선을 다하면 성공의 가능성은 훨씬 높아진다.

지연은 무언가 이루고 싶은 꿈이 없었던 아이였다. 하지만 지금은 인생을 허투루 생각하지 않고, 있는 힘껏 노력하는 중이다. 이루고 싶은 꿈이 생겼기에 도전할 수 있다. 당신의 아이가 이런 꿈을 가질 수 있도록 노력하자. 그리고 그 꿈을 향해 스스로 달려가는 것이 '인생에 대한 예의'임을 아이들에게 철저히 가르쳐주자. 그것이면 된다. 그것이 아마도 가장 가치 있는 유산이 될 것이다.

얼마 전 이제 고등학교 3학년이 되는 지연과 카페에 마주 앉았다. 어느새 어린아이의 모습을 찾아볼 수 없는 지연을 바라보며 대견함 반, 걱정 반의 묘한 감정을 느꼈다. 이제 자신의 몫만 남은 아이에게 말했다.

"이제 주민등록증도 나오고 정말 어른이야. 아직은 실감 나지 않겠지만, 지금부터 하는 모든 행동은 네가 결정하고 네가 책임져야 하는 일이란다. 어른이 된다는 것은 그런 거야.

지연아, 세상은 말이지. 부모처럼 '미워도 다시 한 번' 돌아봐주지 않아. 그래서 네가 알아서 노력해야 한다는 거야. 네 인생의 큰 방향을 결정하는 시기이니 너의 모든 것을 쏟아부을 거라 믿을게."

조용히 고개를 끄덕이며 아이는 말했다.

"이제는 친구들도 장난이 아니라는 걸 느껴요. 열심히 해야죠."

제법 의연한 표정으로 말하는 아이를 보며 이제 내 역할을 거의 다 마쳤다는 생각을 했다. 아이는 내가 그동안 자라나게 해주려고 노력한 날개를 아름답게 펼치고, 혼자 날기 위해서 날갯짓을 연습하는 중이다.

나는 감히 말하고 싶다. "아이들은 많은 가능성을 손에 쥐고 태어난다. 다만 태어나는 순간부터 그 아이의 가능성은 발전할 수도,

사장될 수도, 그 가능성을 모르는 채 어른이 될 수도 있다"라고.

마지막으로 아이에게 한마디 전하고 싶다.

지연아, 내 딸이 되어줘서 고마워. 좋은 엄마이기보다 엄한 선생님 같았던 나를 엄마라 부르며 힘들고 어려운 과정들을 잘 넘어줘서 정말 고맙단다.

네게 미안한 순간도 많았어. 앞으로 네 앞에 행복한 꽃길만 만들어주고 싶지만, 이 엄마가 살아보니 세상은 그렇게 호락호락하지 않더라고. 우리 지연이 그 험한 세상에서 주눅 들지 않고 당당히 살아가길 바라는 마음에서 원망을 들을지언정 강한 엄마가 되는 것을 선택한 거란다.

이제 얼마 안 있으면 성인이 되어 세상에 나갈 테지? 엄마는 네가 지금의 자신감 있는 모습으로 멋진 어른이 되길 바라. 그렇게 될 거라 믿어 의심치 않고. 늘 이 자리에서 응원하며 지켜볼게.

네가 어른이 되면 제일 먼저 화장품을 선물해주고 싶어. 그동안 못 하게 한 게 미안해서 말이지. 이것 말고도 못 해준 게 많지만, 오히려 그만큼 네가 채운 게 많다는 뜻이니 그 또한 고마울 뿐이다. 한순간도 방심할 수 없는 세상살이에 이 엄마가 도움이 되면 좋겠구나.

사랑한다.

엄마가

모든 부모는 '해피엔딩'을 꿈꾸며
자식을 기른다

**북큐레이션** • 아이를 똑똑하고 건강하게 키우고 싶은 엄마와 아빠가 《오늘부터 강한 엄마》와 함께 읽으면 좋은 책

한 가정의 경영자로서 부모가 바로 서고, 모든 문제의 답을 가진 아이를 존중하고, 부모의 감정을 조절하는 법을 알며, 이끌기보다 함께 성장하는 자녀 코칭 방법을 터득하면 아이와 부모가 행복합니다.

## 우리 아이 30일 자존감 노트

조은혜 지음 | 12,000원

**어머님, 지금 올려줘야 할 것은 성적이 아니라 자존감입니다!**

현직 교사인 저자가 실제 교육 현장에서 아이들을 관찰하고 학부모와 면담하며 발견한 '자존감 습관'을 담아낸 책이다. 생생하고 풍부한 현장 경험을 바탕으로 상황별, 아이 유형별, 학년별로 어떤 습관이 필요한지 친절하게 안내해준다. 또 학교에서 아이들과 겪은 에피소드를 중심으로 설명함으로써 부모들은 마치 상담을 받는 듯한 기분으로 편안하게 읽을 수 있다.
이 책을 통해 자신의 소중한 가치를 아는 아이, 스스로의 능력을 믿고 노력하는 아이, 어떤 상황에서도 흔들리지 않는 단단한 아이로 키우는 방법을 배워보자.

## 내 아이 4차 산업혁명 시대의 인재로 키우기

이정숙 지음 | 13,800원

**4차 산업혁명 시대 인재 육성을 위한 최초의 부모 지침서!**

"4차 산업혁명 시대가 도래했다." 미디어마다 4차 산업혁명의 중요성을 이야기한다. 곧 로봇이 인간의 일자리를 대체할 것이고, 우리가 아는 많은 직업이 사라질 것이라고 한다. 그러나 아직도 많은 부모들은 자신들이 공부했던 때를 떠올리며 아직도 오직 명망 높은 대학 입학에만 관심을 두고 있다.
교육학 박사이자, 30년 넘게 학원 원장으로 교육 현장에서 아이들과 함께한 저자는 이 책에서 미래 교육의 흐름인 4차 산업 시대를 강조하고 예측하며 이에 맞는 공부 방향을 제시하고, 3천 명이 넘는 아이들을 마주하며 알게 된 효과적인 사춘기 시절을 보내는 방법, 사춘기 아이 독려 방법, 창의력 계발 방법, 자기 관리법 등을 소개한다.

## 엄마의 감정리더십

최경선 지음 | 13,800원

**좌절을 반복하고 죄책감에 잠 못 드는 엄마들을**
**헬육아의 늪에서 건져내고 행복한 육아로 인도하는 책**

세상은 4차 산업혁명기로 접어들었다. 창의력이 경쟁력인 시대에 맞는 아이로 키우려면 엄마는 어떻게 해야 할까? 이제는 자기감정을 조절할 줄 아는 아이가 인재다. 아이의 감정은 엄마의 감정 토대 위에 자라기 때문에 아이가 어떤 행동을 하든 엄마의 감정 대처법이 아이에게 큰 영향을 미친다. 그래서 엄마의 감정리더십이 필요하다.
감정에 끌려다니는 것이 아니라 감정을 주도하고 긍정적으로 이끄는 엄마라면 《엄마의 감정리더십》을 통해 '아이와 함께 성장하는 육아'를 경험하게 될 것이다.

## 좋은 선택을 이끄는 엄마, 코칭맘

정은경 지음 | 13,800원

**평범한 아이도 주도성을 가진 상위 10%**
**특별한 아이로 만드는 코칭맘의 39가지 교육법**

자기 삶을 스스로 이끌어가는 주도적인 아이로 만들려면 어떻게 해야 할까? 이 책은 '질문하고 공감하고 생각하게 하는 코칭'으로 키워야 한다는 점을 강조하면서 엄마코칭이란 무엇인지, 코칭맘이 키운 아이는 어떤 점이 다른지 설명하고 엄마코칭으로 스스로 공부하는 힘을 길러주는 방법을 소개한다.
왜 엄마는 자녀의 코치가 되어야 하는지, 학교 공부와 인성 교육에서 구체적으로 어떻게 자녀를 코칭할 수 있고, 어떤 효과를 거둘 수 있는지 자세히 다루고 있다. 가정에서 실제로 적용할 수 있는 엄마코칭 매뉴얼과 엄마들이 꿈을 찾을 수 있도록 도와주는 워크시트를 첨부하여 코칭을 처음 접하는 엄마도 쉽게 시도해볼 수 있다.